OTA
オタク知識ゼロの俺が、
なぜか男嫌いな
ギャルと
オタ活を
楽しむことになったんだが
ぬこ
illust. 千種みのり
KATSU

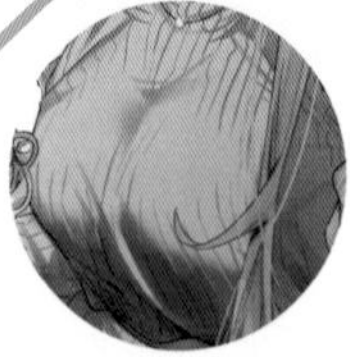

CONTENTS

OTAKATSU

桃井真帆
ももい まほ
・鳴海の親友
・男嫌いで有名なギャル
・隠れオタクでハンドルネームは『まほりん』
藤咲琴美
ふじさきことみ
・陽斗の双子の妹
・根暗ぼっちでネトゲ嫁『まほりん』が唯一の友達

みんなが興味津々といった様子で見守るなか、
雪みたいな白い頬にキスをする。
……すげえ柔らけえな、桃井の頬。
髪といい、肌といい、同じ人間とは思えんぞ。

ダッシュエックス文庫

オタク知識ゼロの俺が、なぜか男嫌いなギャルとオタ活を楽しむことになったんだが

猫又ぬこ

序幕　ネトゲ夫婦のチャットログ

【漆黒夜叉】というわけで妹ちゃんがラスボスだとオレは思うんだ
【まほりん】なるほどねー。そういう考察もあるんだ。妹ちゃんラスボス説、面白《おもしろ》いね！
【漆黒夜叉】だろ？　ま、あくまで予想だけどな。順当に行けばシュナイダーがラスボスだと思うぞ
【まほりん】どっちに転んでも面白そうだね！　来週が待ち遠しいや！
【漆黒夜叉】次回予告的に神回確定だしな！　見終わったらすぐインするわ。速攻で感想語り合おうぜ！
【まほりん】楽しみ！
【漆黒夜叉】じゃーそろそろ落ちるか。また明日な！
【まほりん】あ、ちょっと待って
【漆黒夜叉】どうした？　まだ語り足りない感じ？
【まほりん】ちょっとね。漆黒《しっこく》くんさ、ドリステってアニメ覚えてる？

【漆黒夜叉】おー、懐《なつ》いなw　ドリームステージ！　二年前の夏アニメだろ？
【まほりん】そうそれ。あれのコラボカフェ始まったらしいよ
【漆黒夜叉】知ってる知ってる。メニュー見たけど再現度すごかったぞ
【まほりん】チェック済みだったんだ。さすがだね！
【漆黒夜叉】ドリステはマジでハマったからなー。お風呂に入ってるときもたまにキャラソン歌ってるんだ
【まほりん】そうなんだ！　誰のキャラソン？
【漆黒夜叉】ミオミオ！　一曲歌うとミオミオのキャラソンは全部歌いたくなっちゃうんだよ。オレってミオミオ推《お》しだから！
【まほりん】のぼせちゃいそうw
【漆黒夜叉】長風呂すぎって家族に注意されたw
【まほりん】きっと心配したんだよ。いい家族だねー。でさ、コラボカフェでいろいろ特典をもらえるの知ってる？
【漆黒夜叉】もちろん全部チェック済み。来店特典のステッカーもいいけど、一番はやっぱりアクリルスタンドだな。描き下ろしだし、四〇〇〇円以上注文でもらえるって気前いいよな！実質無料じゃん！
【まほりん】あれぜったい急がないとすぐになくなっちゃうよね！

【漆黒夜叉】だろうなー。ブームは過ぎたけど根強いファンは多そうだしな。かく言うオレもそのひとりだしw
【まほりん】漆黒くんはもう行ったの？

【漆黒夜叉】行ってない。特典はすごい欲しいんだが、ああいう店ってひとりで行くのは勇気いるんだよなー。まあでもアクリルスタンドは魅力的だし、行けたら行こうかなとは思ってるけどな
【まほりん】だったら今度一緒に行かない？

【まほりん】おーい？

【まほりん】どうしたー？　寝落ちー？

【漆黒夜叉】ごめんごめんトイレに行ってて。ていうか一緒にって？　オフ会ってこと？

【まほりん】うん。知り合って三年近いし、結婚して二年以上じゃん？　そろそろリアルでも会っていい頃かなーって。どう？

【漆黒夜叉】まほりんとリアルで会うのはやぶさかじゃないけどたしかコラボカフェって全国一〇都市開催だしお互い近場に行ったほうがいいんじゃないかなー
【まほりん】交通費は気にしないから遠くても会いに行くけど、漆黒くんはどの店が近い？最寄《もよ》り駅教えてもらえる？

【まほりん】おーい？

【まほりん】漆黒くーん？
【漆黒夜叉】ごめんごめん最寄り駅がどこだったかど忘れしちゃってて！　オレってあんまり電車利用しないタイプだからなー
【まほりん】そっか。よかったー……。急に最寄り駅を聞いたから、気味悪がられたかもって心配しちゃった
【漆黒夜叉】心配させてほんとごめん！　ただ驚いたっていうか、まほりんとは結婚して二年だけどリアルの話をされたことは一度もなかったからゲームとリアルをはっきり線引きしてるタイプの人間なんだと思っててさ
【まほりん】私も最初はゲームだけの関係にするつもりだったけど、漆黒くんとなら現実でも楽しく話せると思って
【漆黒夜叉】なるほどー
【まほりん】ところで駅名は思い出せた？
【漆黒夜叉】聞いてもわからないと思うけど、恋岸《こいぎし》駅っていう駅……
【まほりん】ほんと!?　すごい！　私の最寄り駅の近くね！
【漆黒夜叉】マジで!?　こんな偶然ってあるんだな！　でもさ、もしかしたら違う恋岸駅かもしれないぞ！　まほりんが言ってるそれは何県の恋岸駅なんだ？
【まほりん】何県っていうか、調べたら恋岸駅って全国に一駅しかないそうよ

【漆黒夜叉】そうなんだー。てことはオフ会する感じ？

【まほりん】うんっ。漆黒くんが嫌じゃなければしたい！

【漆黒夜叉】全然嫌じゃないぞ！　まほりんとチャットするのマジで楽しいし！　リアルでも話したいって思ってたんだよ！

【まほりん】そうなんだ！　勇気を出して誘ってよかった！

【漆黒夜叉】オレのために勇気出してくれてありがとな！　マジ感謝！

【漆黒夜叉】あ、でもなー。昔『オフ会に参加してよかったですか？』ってＷｅｂアンケート見かけたんだけど『はい』って答えたひとはゼロ％だったんだよな。もちろんオレはイエス派だし現実でもまほりんとオタトークできたらマジで楽しいと思うけど、チャットだけでも充分楽しめてるし現実とネトゲで同等の楽しさが得られるのだとしたら移動に時間がかからない分ネトゲでオタトークするほうがお得だって考え方もあると思うんだよなー
【まほりん】それだと特典手に入らないけど？

【漆黒夜叉】そうだね
【まほりん】今週の土曜一〇時に現地集合でいい？

【漆黒夜叉】うん

第一幕　妹のネトゲ嫁とオフ会した

五月中旬の金曜日。

その日の朝。ホームルーム終了直後の教室は、いつにも増して賑々《にぎにぎ》しかった。

なぜなら今日、高二になって初となる席替えが行われたから。

昨日担任に『席替えのクジ引きを用意する』と予告され、俺は学校帰りに神社で参拝。窓側だろうと廊下側だろうと前列だろうと後列だろうとどこでもいい。とにかく好きな女子の――高瀬鳴海《たかせなるみ》のとなりになりたいと神頼みした。

そして迎えた運命の瞬間。俺は緊張しながらクジを引き――


「よろしくねっ、藤咲《ふじさき》くん」


こうして見事に高瀬の隣席を射止《いと》めたわけだ。ありがとう神様！

ちなみに場所は窓側二列目の最後列――高瀬は俺の左隣だ。窓から陽光が差しこみ、高瀬の茶髪が透き通って見える。こういうのを透明感のある美女っていうのかね。

「よろしく。てか俺の名前、よく知ってたな」

「知ってるよ～。あんまり絡《から》まなかったけど去年も同じクラスだったじゃん。逆に藤咲くんは私の名前知ってる？」

「高瀬鳴海だろ」

「わ～、フルネームで覚えててくれたんだっ」

可愛《かわい》いなぁ高瀬は。

高身長かつ強面《こわもて》の俺にとって、ほほ笑みかけてくれる女子は激レアだ。

打ち解ければ普通に接してくれるが、初対面ではまず間違いなく怖がられる。なのに高瀬は入学早々『うわー、背が高いねー。かっこいい！』と笑みを向けてきた。

惚《ほ》れたね。

可愛い女子がお世辞《せじ》でも笑顔で『かっこいい』と言ってくれたんだ。惚れない男がいるか？

いやいないと断言できる。

高瀬に恋して一年と一カ月。去年は席に恵まれなかったが、やっと理想の席を確保できた。

このチャンス、必ずものにしてみせる！

「ちなみに高瀬は知ってるか？　俺のフルネーム」

「えっとねー。ちょっと待ってね、当ててみせるから！」

「ヒントいる？」

「くれるならちょーだいっ」

「じゃあヒント。太陽っぽい名前だ」

太陽、太陽……とつぶやきつつ指先をこめかみに当て、一休《いっきゅう》さんみたいなポーズで悩む高瀬。

待ち受けにしたい可愛さだ。

「鳴《なる》ちゃん、ジュース買いに行かない？」

可愛い姿を目に焼きつけていると、高瀬の前席に座る女子が横やりを入れてきた。

金髪碧眼《へきがん》の女子――桃井《ももい》に声をかけられ、高瀬が一休ポーズを解く。

なんてことするんだ桃井！　俺がどんだけ高瀬との交流を待ち望んだと思ってんの⁉　一年一カ月だぞ一年一カ月！　ジュースくらいひとりで買いに行けよ！　なんだったらあとで俺をパシってくれていいから！

「なに見てんのよ」

「べつに」

「じゃあジロジロ見ないで」

「……」

怯《ひる》んだわけじゃない。ただ、桃井は高瀬の親友だ。そうじゃなくても好きな娘《こ》が見てる前で女子に強く言い返すことはできない。

ていうか睨《にら》むことないだろ。ほんと男嫌いだな、桃井は。

「いまね、藤咲くんの名前当てゲームしてたんだー。真帆《まほ》っちも参加する？」

「太郎《たろう》でしょ」

「陽斗《はると》だ」

「今年一どうでもいい情報ね」

心底《しんそこ》興味なさそうにそう言うと、桃井は高瀬を連れて教室を出ていった。

「いいなー藤咲、桃井としゃべれて」

うっとりとした顔で桃井の背中を見送りながら、山田《やまだ》が話しかけてきた。

「会話成立してねえだろ」

「あの桃井に話しかけてもらえただけで最高だろ。前世でどんだけ徳積んだんだよ」

「徳積んだ結果がこれだったら前世の俺が浮かばれねえよ」

「藤咲はほんと桃井に興味ないよな。ストライクゾーンどうなってんだ？」

「ストライクゾーンどうこうじゃなくて桃井に興味ないだけだ」

まあ山田をはじめとする男連中が桃井にデレデレする気持ちもわかるけど。

なにせ桃井は金髪ハーフの巨乳美女。おまけにタワマン暮らしのセレブで運動神経も抜群《ばつぐん》だ。

かといって完璧《かんぺき》超人かというとそうでもなく、勉強がちょっと苦手という可愛げも持っている。

さらには面倒見《めんどうみ》も良く、困ってそうな女子を見かけると積極的に話しかけている。

だが桃井の優しさは女子限定。男女問わずフレンドリーなら男が殺到するだろうが、桃井は男嫌いで有名だ。

桃井を知る人間は同時に男嫌いも知っているため、告白したという噂《うわさ》は聞かない。聞かないだけで、陰《かげ》で泣きを見た奴《やつ》がいるのかもしれないが。

「なあ藤咲、席交換しようぜ」

「お断りだ」

「まだオレの席がどこか聞いてないだろ」

「どこだろうとお断りだ」

「昼飯奢《ひるめしおご》るから！」

「断る。俺はこの席が気に入ってんだよ」

「でもさ、桃井に興味ないんだろ？　去年は替わってくれたのにどうしちまったんだよ」

「べつにどうもしてねえよ。ただほら……」

高瀬への想いを誤魔化《ごまか》すため、俺は右隣へ視線を向ける。

俺のとなりでは、小柄な女子が机に突っ伏していた。

長い黒髪をうしろで二つ結びにした彼女は、俺の双子《ふたご》の妹の藤咲琴美《ことみ》である。

山田は事情を察したようにニヤついた。

「あー、妹のそばにいたいってわけね」

「そういうこと。べつにシスコンじゃねえけどな」

「はいはい。でもさ、兄妹なんだから家でいくらでも話せるだろ。……妹さんがしゃべってる姿は想像できないけど」

山田がそう言いたくなるのもわかるくらい、琴美は学校では口を開かない。

根暗で恥《は》ずかしがり屋でぼっちで、休み時間はいつも寝たふりで過ごしている。そのせいか、女子に優しい桃井からもスルーされる始末。

家族とは普通に話せるし、家にいるときと同じテンションで振る舞えば、友達くらいすぐにできるだろうに……。ただ、数日前から元気がなく、家でも学校と同じくらいローテンションなのが気になっているが。

いまさら俺たち家族に人見知りを発揮《はっき》するとは思えないし、きっと心配事があるのだろう。たとえば休日にアニメグッズを買いに出かける予定とか。こないだ不安そうに『土曜日に台風直撃しないかな？』とか言ってたし、当日の天気を心配しているわけだ。

土曜は降水確率ゼロ％なので心配はいらないが、小心者なので不安が拭《ぬぐ》えないのだろう。

「にしても妹と同じクラスって珍《めずら》しいよな。中学のとき双子の兄弟がいたけど、三年間別々のクラスだったぞ」

「学校によってクラス分けのルールが違うんだろ」

琴美の名誉を守るためそう言ったが、理由はおそらく教師に心配されたからだ。

琴美は極度の人見知りで、俺が知る限り小学校からいまに至《いた》るまで友達は皆無《かいむ》。一年のときあまりにも琴美が孤立していたため、心配した学年主任が俺と同じクラスに振り分けたわけだ。

気を遣《つか》ってくれた教師には悪いし、妹の孤独な姿を目《ま》の当たりにするのは胸が痛むが、学校じゃ極力絡まないようにしている。

意地悪してるわけじゃない。琴美にそう頼まれたのだ。兄妹とはいえ男とべたべたしている姿を見られると目立ってしまうため、そっとしておいてほしいのだとか。

しかし、同じ日に生まれたとはいえ俺は兄だ。

それに、琴美が友達を欲していることも知っている。

だから、妹の力になってあげたいと思っている。

具体的には友達作りだ。

友達がいてくれれば、琴美に楽しい学校生活を送らせることができる。

理想は高瀬と仲良くなってもらうこと。俺が高瀬と付き合って、琴美との仲を取り持てば、兄妹揃《そろ》って幸せな学校生活を送ることができる。

……まあ、高瀬はアウトドア派のスポーツ女子で、琴美はインドア派のオタクなので、話が合うかは疑問だが。

それに……

「邪魔よ田中《たなか》。そこ退《ど》いて」

「あ、オレ山田っす」

「どうでもいいわ、あんたの名前なんて」

帰ってきた桃井に罵《ののし》られ、山田が幸せそうに去っていく。そんな山田を男連中が羨《うらや》ましげに眺《なが》めている。

友達計画が上手《うま》くいったとして、問題は桃井だよな……。

高瀬と桃井は仲が良い。友達計画が成功すれば、琴美は桃井とも絡むことになるだろう。

友達が増えるのはいいことだ。

俺は好きじゃないが、妹と仲良くしてくれるなら桃井でも大歓迎である。

ただ、琴美はアニメとマンガとゲームの話しかできないわけで……。

いくら桃井が女子に対して気さくとはいえ、琴美との会話を楽しんでくれるとは思えない。

すぐにファッションとか芸能人の話題になり、琴美は置物と化してしまい、気まずくなってグループから抜ける未来が見える。

桃井がオタクだったらそんな心配も消えるんだが、そんなわけないしな。

と、このときはそう思っていたが——……

◆

その日の夜。

早々に宿題を終わらせた俺は、復習に励《はげ》んでいた。

勉強は好きじゃないし、中学の頃はどちらかというと勉強をサボりがちなタイプだった。

放課後は友達と集まって駄弁《だべ》ったり、バラエティを流し見したり、見せる相手もいないのに筋トレしたりして時間を潰《つぶ》していた。

俺が勉学に目覚めたのは、ひとえに高瀬と付き合うためだ。

高瀬が勉強音痴《おんち》であることは小耳に挟《はさ》んで知っている。俺の賢《かしこ》さが伝われば、勉強で困ったときに頼りにしてくれるかも。放課後一緒に勉強すれば、ふたりの距離はぐっと縮《ちぢ》まるに違いない。

そんなこんなで勉強中。いまのところ成績は上の中。授業中も積極的に手を上げて回答しているが、高瀬はよく居眠りしているので俺の学力が伝わっている保証はない。

しかし今日の席替えでとなりになれた。今月末の中間試験で高瀬と答案を見せ合いっこすることになるかもしれない――一〇〇点の答案を見せつければ、賢いという印象を与えることができるはず！

「マジ頑張ろ」

頬《ほお》を叩《たた》いて気合いを注入。やる気満々で問題集を解いていく。


『ハルにぃ、起きてる？』


ノック音とともに呼び声がしたのは、そろそろ二二時に差しかかる頃だった。

起きてるぞー、とドア越しに声をかけると、琴美が遠慮がちに入室する。

風呂上がりのようで、長い黒髪は艶《つや》めき、でかでかとアニメっぽいキャラがプリントされたTシャツとジャージズボンを着用している。

「どうしたこんな時間に？」

「えっとね……その……」

琴美はうつむきがちに言いよどむ。

俺に人見知りを発揮しているわけじゃない。学校じゃ絡まないけど、家にいるときは普通の仲良し兄妹だ。口ごもっているのは、純粋に言い出しづらいことだからだろう。たとえば——

「宿題を教えてほしいのか？」

「ううん。違くて……」

「コンビニについてきてほしいとか？」

「そうじゃなくて……」

「部屋に虫が出たとか？」

「それでもなくて……ハルにぃ、【ＬｏＦ】って知ってる？」

「えるおーえふ？」

「【Life of Farmer】の略」

「あー……琴美がやってるネトゲだっけ？」

「そうそれ」

「知ってるっちゃ知ってるが、知らないっちゃ知らないな」

中二の夏、琴美から聞かされた覚えがある。

農場経営者として生計を立てるスローライフ系のゲームで、最初は小さな農場からスタートするとか。収穫した作物や畜産物を売ればそれが収入となり、町で衣服を新調したり、家具を揃えたり、大きめの農場に引っ越したりもできるらしい。

そしてネトゲなだけあってほかの農場経営者――プレイヤーとも触れ合える。フレンドになるとチャットで交流でき、結婚要素もあると語っていた。

琴美は人見知りだが、人付き合いが嫌いなわけじゃない。そもそもネトゲを始めたのは友達作りのためだ。

月額八〇〇円という当時中学生だった琴美にとって手痛い出費を親に肩代わりしてもらえた

のも、『友達が欲しいから』という理由が大きい。

俺が知っている【Life of Farmer】の情報は以上だ。

「で、そのゲームがどうした？」

「えっとね、実は私、【ＬｏＦ】に嫁がいるの」

「旦那《だんな》じゃなくて？」

「嫁。私、かっこいい男キャラ使ってるから」

人見知りな琴美がネトゲとはいえ結婚。しかも相手は女性キャラ。意外と言えば意外だが、じかに顔を合わせるわけじゃないしな。直接対面じゃなければ結婚できるくらいのコミュ力を発揮できるのだろう。

「わざわざ結婚報告に来たのか？」

「ううん。結婚は二年前からしてるよ」

「てことは、ご祝儀《しゅうぎ》をねだりに来たんじゃないわけか」

「ゲームで結婚したからって、ご祝儀ねだったりしないよ。ゲームはゲーム、リアルはリアルだもん」

だけど……と憂鬱《ゆううつ》そうにため息をつき、

「向こうはそうは思ってなかったみたいなの」

「というと？」

「オフ会に誘われちゃった」

「あー……なるほどね」

事情はわかった。

ネトゲ嫁とリアルで会うのが怖いのだ。

チャットなら楽しく交流できても、直接対面するとなると話はべつだ。結婚二年目とはいえリアルでは『はじめまして』になるため、琴美は人見知りを発揮するだろう。

とはいえ、ネトゲ内では仲良く過ごせているわけで。顔合わせという壁を乗り越えることができれば、琴美は現実世界で友達を手にすることができる。

ただな……。ネットで知り合った相手とトラブルが起きたってニュースはたまに目にするし、琴美ひとりで行かせるのは兄として心配なんだよな……。

琴美が男を騙《かた》っているように、向こうは女を騙っているかもだし。女子高生だとわかれば、豹変《ひょうへん》しないとも限らない。

「ひとりで行くのが不安だから、オフ会の会場についてきてくれって頼みに来たのか？」

そう予想を立てたが、違ったらしい。

琴美は首を横に振り、

「ハルにぃに、私の替え玉になってほしいの」

と頼んできた。

　意味がわからなかった。

「替え玉って……俺がオフ会に参加するってことか？」

「うん」

「いや、なんで俺が？」

　お前の嫁だろ。自分で会えよ。

「だって、まほりんに嫌われたくないもん……せっかく仲良くなれたのに、嫌われるとか……ぜったい嫌だもん……」

「待て待て。ぐずってないで事情を聞かせてくれ。まず、その、まほりんってのはネトゲ嫁であってるか？」

　こくり、と琴美はうなずく。

「そのまほりんさんと、なんで俺がオフ会すんの？」

「私がネナベだってバレたら、離婚届を突きつけられちゃうかもだし……。それにネトゲだと陽《よう》キャぶってるけど、リアルの私は陰《いん》キャだし……」

「べつにゲームと同じ振る舞いをする必要はないんじゃないか？」

　人間ってのはいくつか顔を持っている。

たとえば桃井がそれだ。男に向ける顔と女に向ける顔はまるっきり違う。それと同じように、リアルとゲームで性格が違っていてもおかしなことではないだろう。

「だけど……素《す》の私を見せたあとにネトゲで陽キャのふりをするとか無理だよ。恥ずかしいし、ぜったい気まずくなっちゃう」

向こうが気にしようと気にしまいと、琴美の心情的にオフ会をすればいままで通りの楽しい交流はできなくなるってわけか。そりゃたしかに一大事だ。

「だったらオフ会を断れば？」

「できないよ。約束破ったら嫌われるもん。まほりん、ほんとにオフ会を楽しみにしてるんだから」

そんなに嫌なオフ会に参加すると言ってしまったのも、まほりんさんに嫌われたくない一心だったのだろう。

だからって替え玉を頼むのはどうかと思うが、友達との繋《つな》がりを壊したくないという想いは伝わった。

リアルではぼっちな琴美にとって、まほりんさんは宝物のような存在だ。兄として、それを守ってやりたい気持ちはある。

ただ……

「替え玉作戦が上手くいくとは思えないんだが」

「ハルにぃは陽キャだし、初対面のひととも普通に話せるでしょ？」

「話すことはできるが、まほりんさんとの話題ってアニメとマンガとゲームだろ？」

「うん。まほりんはオタクだもん」

「じゃあ無理じゃん」

俺オタクじゃないし。アニメにもマンガにもゲームにも興味ないし。当然、知識だってない。

アニメならドラ●もん、マンガなら鬼●の刃《やいば》、ゲームならポ●モンくらいは知っているが、それだって詳《くわ》しいわけじゃない。琴美みたいにディープなオタクトークなどできない。

なのに琴美は自信ありげに、

「だいじょうぶだよ。あのね、オフ会のお店ってドリステのコラボカフェなの。だから話題はドリステ一択《いったく》！　付け焼き刃でもなんとかなるよ！」

「ドリステってなに？」

琴美がカッと目を見開く。

「ドリームステージ！　アイドルアニメだよ！　一昨年《おととし》の夏から二クール放送されてOVAも一本出てて、あとはスピンオフマンガが三冊出てる！　あ、でもスピンオフはプロデューサーメインの前日譚《たん》だから話題にはあんまり出ないと思うよ。まあまほりんなら話題には出すかもだけどそこは『プロデューサーが良い娘すぎるよね！』って言っておけば通じるから。だからとにかくアニメを見ること！　あ、でもできればキャラソンも一通り聴いてほしいかな。全部神曲だし！　あと声優さんの話題は一度は出るはずだから主演声優の話題作も一通りチェックすべき！　特に今期アニメのね！　あっ、それとキャラデザさんの――」

「落ち着け。『OVAも一本出てて〜』あたりからわけわからんぞ」

「うう、早口でごめん……」

「いいけどさ。てかOVAってなに？　……『え〜、そんなことも知らないの〜？』みたいな顔するなよ」

「うう、優越感に浸《ひた》っちゃってごめん……」

「怒ってないから泣き顔するなよ。まあ、なんだ。とにかくやるべきことが多いってのは理解できたよ」

「……替え玉になってくれるの？」

琴美が救いを求めるような眼差《まなざ》しで見つめてきた。

正直言うと面倒なことこの上ないが、琴美にとってまほりんさんはかけがえのない存在だ。

それを失えば、俺の妹は正真正銘《しょうしんしょうめい》のぼっちになってしまう。

琴美にとってネトゲは心の拠《よ》り所。

妹の大事な居場所を守るためなら、アニメくらい見てやるさ。

「しょうがねえな。替え玉になってやるよ」

琴美が救われたように顔を輝かせる。

「ありがと……。ハルにぃを頼ってよかった！」

「どういたしまして。で、ドリステってのは配信されてんのか？」

「されてるけど、ブルーレイ持ってるから貸すよ。全二四話とOVAが一話だから、ざっくり一一時間かな。いまから見ればぎりぎりオフ会に間に合うよ！」

ちょっと待て！

「お前さ、いま『ぎりぎり』って言った？」

「言ったよ」

ものすごく嫌な予感がした。

「……そういやお前、土曜日に台風直撃しないか気にしてたよな？」

「うん」

「……明日は土曜日だよな？」

「うん」

「……オフ会、明日開催とか言わないよな？」

「明日だよ」

「明日!?　何時!?」

「一〇時！」

「一〇時!?」

「あ、でもお店は金浄《きんじょう》駅前のビルだよ！　電車一本、片道一〇分！」

「アクセスのしやすさとか些細《ささい》な問題すぎるわ！」

琴美がびくつく。

「ど、どうしてキレてるの？」

「ぎりぎりになって頼まれたからだよ！　なんでもっと早く言わねえの!?」

母さんが『もっと早くにプリント見せなさい。雑巾《ぞうきん》いるとか聞いてないわよ』って怒ってた気持ちがいまになって理解できたよ。

「だって……もしかしたら台風直撃するかもって……そしたらオフ会も流れるし……」

「その希望は早々に捨てとけよ……」

「うう、ごめんハルにぃ……」

「いいよ、もう……。てか言い争ってる時間がもったいねえ。早くアニメ持ってきてくれ」

「……ほんとに替え玉になってくれるの？」

「なってやるよ。いまならぎりぎり間に合うんだろ？」

「うん！　ありがとハルにぃ！　ドリステの面白《おもしろ》さは保証するからっ！　あっという間の一一時間になるよ！　レッツ、ドリームライブ！」

嬉《うれ》しそうに声を弾《はず》ませ、琴美はアニメを取りに出ていった。

一一時間後。

「終わった……」

午前九時。なんとか寝落ちせずにドリステ本編とOVAを見終わることができた。達成感が湧《わ》いてきたが、眠気をかき消すほどじゃない。

いますぐベッドにダイブしたいが、これからが本番だ。素性《すじょう》の知れないネトゲ嫁とのオタクトークが待っている。

「クソ眠い……」

とにかくカフェインを摂取しよう。

コーヒーをがぶ飲みするため部屋を出ると、となりの部屋から琴美が出てきた。

「おはようハルにぃ」

ふわあ、とあくびを噛《か》みしめながら歩み寄ってくる。

琴美はあのあとすぐに寝た。一緒にアニメを見たそうにしていたが、寝てもらうことにしたのだ。

アニメは見たが付け焼き刃。ディープなオタクトークについていける自信はない。オフ会中に離席して助言を求めることもあるだろうし、琴美には起きていてもらわないと困るのだ。

「おはよ。見終わったぞ」

「エンディングも飛ばさずに見た？」

「毎回歌ってる声優が変わるんだろ？　言われた通り、ちゃんと見たよ」

「何話が面白かった？」

「印象に残ってるのは、んっと……一二話だったかな」

「ミュージカル回だね！　わかる！　私もそこ好きっ！　日常回かと思いきやみんな急に歌い出すからミュージカル回って呼ばれてるんだけど、ライブ用に提供された楽曲じゃなくて個人で感情の赴《おもむ》くままに歌ってるから個性が出てるんだよね！　クールなキャロルが実は乙女《おとめ》チックな歌が大好きな女の子ってわかる重要な回だし次回予告もミュージカル風で笑え――」

「そこまでだ」

あんまり俺をびびらせんな。まほりんさんも同じ熱量で返してくるかもって考えたら不安になっちゃうだろ。

「ちなみにハルにぃは誰推《お》し？」

「強《し》いて言えば、ミオミオかな」

ミオミオはいわゆるお嬢様。箱入り娘であるがゆえに一般常識がなく、コミュ力がバグっているのか誰彼構わずぐいぐい絡むキャラだった。

ミオミオのおかげでみんなと距離を取っていたクールなキャロルがメンバーに馴染《なじ》むことができたし、営業先の意地悪社長に『うちの子会社でしたのね』と告げたシーンはスカッとした。

「よかった～。それなら嘘《うそ》っぽく聞こえないねっ」

「嘘っぽく?」

「私、ミオミオ推しってことになってるから」

「なるほどね。ちなみに、まほりんさんは誰が好きなんだ?」

「みんな好きだって言ってた」

「てことは全員分の話題についていかなきゃいけないわけか……」

あのキャラがあのときあーだった、このキャラがあのときこーだった、と矢継《やつ》ぎ早《ばや》に言われたら言葉に詰まってしまいそう。

まあ、それはそれとして――

「昨日大事なこと聞きそびれたんだが、俺の名前ってなに？」

「陽斗だよ」

「じゃなくてネトゲの名前だよ」

俺はどう見ても琴美ってツラじゃない。こいつが本名でやってないことを祈るばかりだ。

琴美はちょっとだけ恥ずかしそうな顔をして、

「……漆黒夜叉《しっこくやしゃ》と書いて、ダークネスダークって読む」

「俺、ダークネスダークって呼ばれるの？」

「まほりんには『漆黒くん』って呼ばれてるよ」

それでも恥ずかしいが、ダークネスダークよりはなんぼかマシだな。

「っと、そろそろ準備しないと」

「あ、ちょっと待って」

琴美が部屋からTシャツを持ってきた。いま琴美が着てるのと同じ、でかでかとミオミオがプリントされたTシャツだ。

「なんでパジャマを？」

「パジャマじゃないよ。こういうのはつい買っちゃうけど外で着る勇気はなくて、けっきょく部屋着になりがちってだけ」

「で、それをどうしろと？」

「今日はこれ着て過ごして」

こいつが弟だったらそろそろ軽く一発どついてる頃だ。

「アニメ大好きな琴美ですら外で着るのをためらう服を、俺に着て出かけろと？」

「だって、まほりんに言われたから……。『コラボカフェだし目印《めじるし》もかねてドリステコーデで楽しもう』って。でね、『ミオミオ愛が強いコーデを期待してるね』とも言われたの」

たしかにアニメ好きですら外での着用をためらうような服を着て行けば、愛の強さは伝わりそうだ。

「……それ、サイズは？」

「Lだよ」

「なら合うか」

「着てくれるの？」

「まあ、乗りかかった船だしな」

それに電車内ではシャツのボタンを閉じれば目立たずに済むし。まほりんらしき人物が姿を見せたらボタンを外すとしよう。

「ありがとハルにぃ！　まほりんもドリステコーデしてるから、ちゃんと褒《ほ》めてあげてね？」

「はいよ。じゃあ先に着替えるから、琴美はコーヒー用意してくれ」

「わかった！」

俺ならオフ会を成功させられると信じているのか、琴美は一切不安を見せることなく階段を下りていった。

◆

待ち合わせ時間の五分前、俺は金浄駅に到着した。

駅前はビル群が目立っている。商業施設もあるにはあるが、金浄町はオフィス街。学生には縁遠《えんどお》く、この町をぶらついたことはない。

とはいえ目的地は駅前だ。さらに場所は電車内でチェック済み。迷う心配などありゃしない。

急いで向かうとしようかね。

人通りの多い道を駆け、雑居ビル前の案内板を確かめる。

七階建てで、メイド喫茶は六階だ。琴美が言うには『あそこはオタクの楽園だよ』とのことで、ほかの階にはアニメにマンガにカードにネカフェにカラオケなどの店が入っているらしい。

エレベーターで六階へ行くと、照明に照らされた通路の向こうにメイド喫茶が見えた。店の前にはポップな立て看板《かんばん》があり、壁にはメイド服を着たドリステキャラのポスターが貼《は》られていて――

「うひゃ〜可愛い！　可愛すぎっ！　マジ天使ね！　愛《あい》ちゃんちゅっちゅっ！　千尋《ちひろ》ちゃんもちゅ〜！」

見知った人物がはしゃいでいた。

出るべきところは出て引っこむべきところは引っこんだモデル体型に、天然物のさらさらとしたブロンドヘア。袖長《そでなが》のニットワンピースに身を包み、肩開きのデザインで、色白の地肌《じはだ》が見えている。

左手にブランド物と思《おぼ》しきバッグを持ち、右手に構えたスマホでポスターを撮っているのは、クラスメイトの桃井だった。

なぜ桃井がここにいる⁉　ここはオタクの楽園だぞ！　セレブでギャルのお前が来るような場所じゃないだろ！

なんて戸惑《とまど》ってみたが、あのはしゃぎっぷりを見れば答えは明白。桃井はセレブでギャルで、ついでにオタクなのだ。

「あ～んもうっ。みんな可愛すぎっ！　これが非売品だなんてもったいなさすぎ！　言い値《ね》で買うからお持ち帰りしたぁ～……ぃッ⁉」

桃井が俺を見るなり硬直した。すっげえ気まずそうな顔だ。自分の言動を振り返ったのか、じわじわと顔が赤らんでいく。

そんな桃井をスルーしつつ、俺は空《あ》いているスペースに立ち、まほりんの到着を待つ。

「……」

「……」

嫌な沈黙が漂う。正直もう帰りたい。

桃井にオタクだと思われようと知ったこっちゃないが、問題はこいつが高瀬と繋《つな》がっていることだ。

まほりんさんがどういうひとかは知らないが、性別を偽《いつわ》ってない限りは女性だ。女とメイド喫茶に入る姿を見られたら——それを高瀬に告げ口されたら、彼女持ちだと誤解される。

そしたら勉強計画に支障が出る。恋人がいるのにふたりきりになるわけにはいかないと遠慮

され、これまでの努力がパーになる。

でもなぁ。琴美と約束したしなぁ。この期《ご》に及んで逃げるわけにはいかないよな……。

「……提案があるわ」

ぼそっと声をかけられた。となりを見ると、桃井がこっちを見ている。

「提案って？」

「あなた……この店に用があるのよね？」

「そうだが……まさか店を変えろとか言わないよな？」

桃井が心外そうな顔をする。

「そんな営業妨害みたいなこと言わないわよ」

「だったら提案って？」

「ここで見たことは他言しないこと」

その一言で言わんとしていることを察することができたのは、俺が桃井と同じ不安を抱えているからだろう。

桃井はいわゆる隠れオタク。仲良しグループには打ち明けているのかもしれないが、自分のイメージを崩《くず》すのは怖いのか、趣味をオープンにするつもりはないわけだ。

それは都合がいい。

「そういうことなら、俺を見たことも秘密にしてくれ」

「あなたのことを話す相手とかいないけど、その提案には応じるわ」

「決まりだな」

よしっ、これで高瀬に知られずに済むぞ。

あとはオフ会を乗り切るだけだ。そろそろ来る頃なんだが……スマホを見ると、もう約束の時間を五分過ぎていた。

なのに来ない。

一〇分が過ぎても、一五分が過ぎても、まほりんさんは来てくれない。

「……」

そして俺のとなりでは、桃井が腕時計を見てそわそわしている。

こいつも俺と同じく待ちぼうけを食っているのだろう。

だからこそ、嫌な予感がした。

桃井も同じ予感を抱いたようで、俺の横顔をチラ見してくる。そうであってほしくはないが……まあ、そういうことなんだろうな。

「……あのさ、桃井」

「な、なによ？」

「お前って……まほりんだったりする？」

桃井が愕然《がくぜん》とした。

「や、やっぱり……あなたが、漆黒くんなの？」

「ああそうだ。俺がダークネスダークこと漆黒夜叉だ」

「そ、そう、あなたが……」

桃井は悩ましげな顔をする。

ずっと仲良くしていたネトゲの旦那《だんな》がクラスメイトだったのだ。桃井は男嫌いで有名だが、ネトゲ旦那に会うつもりだったってことは、すべての男を嫌っているのではないのだろう。

が、少なくとも俺は嫌われている。俺だけじゃなく、学校の男子全員が。そのことから推察するに、同年代の男子はガキっぽいから嫌い、ってところか？　ポスターに大はしゃぎしてた桃井にだけはガキっぽいとか言われたくないが。

なんにせよ、俺を嫌わないでほしい。桃井に好かれたいとは思っちゃいないが、ネトゲでの縁が切れたら琴美が泣いてしまうから。

それを避けるためには、桃井に俺と過ごしたいと思ってもらう必要がある。つまりは桃井のテンションを上げてやればいいわけだ。

「にしてもここ、暑いなー」

言いつつ、俺はシャツのボタンを外す。ミオミオがでっかくプリントされたTシャツを見た瞬間、桃井が青い瞳《ひとみ》を煌《きら》めかせた。

「うわあ～っ！　うわあ～っ！　ミオミオちゃんだーっ！　しかも激レアな赤面バージョン!?

えっ、すご！　手に入れてたんだ！」

　想像以上の食いつきだ。瞬時にテンションぶち上げてくれて安心したぜ。

「俺の一張羅《いっちょうら》だ。すごいだろ」

「すごいすごい！　へえ～、着るとこんな感じになるのねっ！　あたしも違うバージョンのは持ってるけど外で着るのって勇気いるのよね～」

「俺はミオミオを愛してるからな。愛さえあれば恥じらいなんざ感じないよ」

「さすがミオミオ推しね！　だけど、あたしの愛だって負けてないわよ」

てことはドリステコーデしてるってことか？　琴美にも褒めてあげてって言われたし、俺もさっきから探してはいるんだが……どれだ？

　ニットワンピ？　ブランド物のカバン？　それともクツ？　どれも見た感じアニメっぽさはない。

　それともキャラ私服の再現か？　俺が知る限りでは、桃井と同じ格好《かっこう》してたキャラはいないのだが……

　そういや桃井は全キャラ推してるんだよな？　だとすると、もしかして――

「そのネイル、すごいな」

　カラフルなネイルを褒めてみると、桃井は得意満面になる。

「気づいたっ？　さすがね！　見ての通りメンバーのイメージカラーに合わせて塗ったの！

すごいでしょ～」

もうちょい目立つ目印にしてくれや。

「めっちゃすげえなっ。さすがだな！」

「漆黒くんならぜったい気づけると思ったわ～」

「余裕だよ。俺はドリステ大好きだしな。でさ、そろそろオフ会始めないか？」

桃井も楽しそうにしているし、もう気まずさは吹き飛んだはずだ。俺とのオフ会に乗り気になってもらえると助かるのだが……

「そうねっ」

よかった。迷いは晴れたみたいだ。これで替え玉だとバレずにオフ会を乗り切れば、琴美は今後もまほりんとの交流を楽しめる。

「どうか来店特典がミオミオのステッカーになりますように！」

「ほんとミオミオちゃんが好きね。あたしが当たったら交換してあげるわっ」

「ありがとな。マジ感謝！」

上手いこと会話しつつ入店を済ませる。メイドさんに壁際の席へ案内してもらい、メニュー表と一緒にステッカーを手渡された。

「よっしゃ、ミオミオゲット！　そっちはなんだった？」

「千尋ちゃんっ」

「おー、いいよな千尋ちゃんも」

「ねっ。小さくて可愛くて保育園のお遊戯《ゆうぎ》ライブとか保護者気分で見ちゃったわ」

「それな！」

「あと千尋ちゃんと言えば愛ちゃんも小さくて可愛いわよね」

「それな！」

「ほら見て、あそこの等身大パネルとかノアちゃんと並べてるから背の低さが際立ってるわ！　しかもとなりには奏《かなで》ちゃん！　保護者コンビの中央にちびっこコンビを配置するとか店員さんわかってるわよね！」

「それな！」

「あ、ほら見てよあれ！　アニメの切り抜きパネル！　ミオミオちゃんのギャグに奏ちゃんがコーヒー噴《ふ》き出したシーンを切り抜くって、店員さんほんとわかってるわよねっ！　あれって作画的にブルーレイ版よね？　ほら、放送版とはコーヒーの色が違うって話題になってたやつ。修正が細かすぎるけど、言われてみれば納得よね。奏ちゃんってブラック派なのに、放送版のコーヒーはミルクを溶かした色してたもの。あっ、そうそうコーヒーと言えば前に缶コーヒーコラボもやってたでしょ。ああいうのって不人気キャラは余っちゃうのが不憫《ふびん》であんまり好きじゃなかったりするんだけどドリステは均等《きんとう》に売れてたから安心したわ！」

　パニックになりそうだ。こんなの付け焼き刃じゃ対応しきれない。

とにかく話題を変えよう。

「てかそろそろ注文する？」

「そうね。まずは注文しましょ」

お互いにメニュー表をチェックする。

ドリンク一杯で八〇〇円かー。相場は知らんが高く感じるな。

「まほりん決めた？」

「もうちょっと待って。漆黒くんは決めたの？」

「まあな。ミオミオ推しだから即決できた。全キャラ推しはこういうとき悩むよな」

「ほんとそれ。グッズなら迷わず全種コンプするけど食事となるとねぇ……。さすがに全部は食べきれないけど、四〇〇〇円は使いたいし」

特典については電車内で調べた。四〇〇〇円注文すると、アクリルスタンドがもらえるのだとか。

「俺ひとりで二三〇〇円だし、ふたりなら四〇〇〇円くらい余裕だろ」

「え、それだとひとつしかもらえないわよ？」

「俺はいいよ。もちろんめっちゃ欲しいけど、それ以上にまほりんの喜ぶ顔が見たいしさ」

さっさと飯《めし》食って解散したいので長居は避けたい。俺はオタクという設定だが、同時に旦那でもあるのだ。嫁の喜ぶ顔が見たいという理由はマイナスには作用しないはず。

「え、神？」

だからってプラスに作用しすぎだが。まあ、悪いことではあるまい。

「ありがと漆黒くん。かわりに今日は奢るわ」

「いいって。自分の飯代は自分で出すから」

厳密に言うと支払いは琴美だが。

あらためて感謝されつつ、桃井が注文を決めたところでメイドさんを呼ぶ。

「えっと、『千尋の愛情たっぷりバナナジュース』と『奏の合宿カレー』をください」

「俺はこの『ミオミオ特製元気になぁ〜れ♪　栄養満点スペシャルドリンク』と『ミオミオのゴージャス・デリシャス・オムライス』で」

かしこまりました、とメイドさんが去っていき、間もなくしてドリンクが運ばれてくる。

緊張で喉《のど》がカラカラだ。さっそくスペシャルドリンクを口に含み――

「すっぱ⁉」

「ふふっ、アニメ八話の再現ね」

ああこれ、八話で出てきたドリンクか。

「これマジで酸《す》っぱいぞ」

「リンゴ酢だもの。あたしは苦手だけど、鳴ちゃんは好きで毎日飲んでるって言ってたわ」

それマジ？　高瀬が好きなら俺も好きだぞ！　教室でリンゴ酢飲んで会話のきっかけにして

やるわ。

「苦手なら無理して飲まなくていいでしょうけど――」

「いや飲むよ。頑張って作ってくれたミオミオのためにな！」

「さすがねっ。その台詞《せりふ》、プロデューサーさんみたい！」

「アニメでも頑張って飲んでたよな。一滴でも残したらミオミオが落ちこむからって」

「ほんと良い――」

「良い娘すぎるよな！」

プロデューサー絡《かぶ》みの話は『良い娘すぎる』と言っておけばなんとかなると教わったので、ここぞとばかりに被せてみた。

すると桃井は上機嫌そうに「そうなのよっ」と笑みを浮かべ、

「しかもほら、プロデューサーさんって昔はアイドルを目指してたって設定があるじゃない？　声優さんも歌唱力に定評のある佐々木《ささき》さんだし、実際マンガでは歌うシーンあったでしょ？　あれに声がついたらぜったい神曲確定よね！」

「しかも良い娘すぎるしな！」

「あとほら、二巻でちょろっとライバル事務所のマネージャーさんと昔因縁《いんねん》があったみたいな描写があったじゃない？　あれってけっきょくどういう因縁だったのかしら？　漆黒くんなら知ってるわよね？」

くっ、だめだ。良い娘すぎるじゃ切り抜けられない！

かくなる上は──

「ごめん。ちょっとトイレ行ってくる」

口早に告げ、トイレへ直行。個室に入り、琴美に電話をかける。

『どうしたの？』

「ヘルプ琴美。助けてくれ」

『え、まほりんとなにかあった？』

「いや、なにかあったって言うか、ついていけない話題になっちまってさ。プロデューサーの話なんだが──」

先ほど桃井から受けた質問を、そのまま琴美にぶつけてみる。すると琴美は調べる間もなくすぐに返してきた。

『あー、それね。公式サイトの四コマで回収されたよ。高校のとき好きなひとが被ったとかで因縁ができたけど、男の影がチラついたからプチ炎上しかけちゃってさ。一〇分くらいで削除されてた。私でなきゃ見逃しちゃうね』

「なるほどね。助かった」

『どういたしまして！　あ、そうだハルにぃ！　ステッカーなんだった？』

「ミオミオだ」

『やった！　ありがとハルにぃ！　折れないように持ち帰ってね？』

「了解。あとアクリルスタンドはまほりんに譲《ゆず》るから」

『え⁉　私も欲し――』

通話を切り、席に戻る。

「おかえり。料理届いたわよ」

「おー、美味《うま》そう。あとさ、さっきの質問なんだけど思い出したよ」

琴美から聞いた話を、そのまま桃井に伝える。

「あー、そういうことだったんだ。たしかにふたりは似た者同士だし、男の趣味も被りそうね。ありがと漆黒くん、おかげですっきりしたわっ」

「役に立ててなによりだ。さて、温かいうちにいただくか」

さっそくオムライスを口へ運ぶ。ゴージャスな感じはしないが、デリシャスと名付けられているだけあって普通に美味《おい》しい。これなら一五〇〇円でも高くは感じない。

普段から美味いものを食べてそうな桃井も、ご機嫌そうに頰を緩《ゆる》ませていた。

「これこれっ、あたしが求めてた合宿カレーはこの味よっ！　そうよね、奏ちゃんはみんなのママだもの。愛ちゃんや千尋ちゃんがいるんだからそりゃ甘口よね～。なんだか合宿に来たーって感じ！」

「合宿先のキャンプ場で食べたらもっと美味いんだろうな」

「聖地巡礼もしてみたいわね～。あと合宿回と言えば肝試《きもだめ》しよねっ。千尋ちゃんと愛ちゃんのちびっこコンビには最高に癒《い》やされたわ！」

「驚かせる側が驚かせていいものかって悩むんだよな」

「そうそう。千尋ちゃんは千尋ちゃんでほんとは怖いのが苦手なのに愛ちゃんより一カ月だけ誕生日が早いからお姉さんっぽく振る舞ってるし」

「逆に愛ちゃんは怖いの全然平気なんだよな。あのギャップは笑えたよ」

「ハロウィン回の『トリックオアトリート』『ぎゃあー！』の流れも笑えたわっ。千尋ちゃんそんな声出せたんだって」

「あれはマジで迫真の悲鳴だったよな！　しかもその悲鳴にクールなキャロルもびくっとしてるし。あれマジで可愛かった」

「わかる～。そのあとお菓子のかわりにのど飴《あめ》をあげるシーンも笑っちゃったわ」

「マジそれな」

　急についていけない話題をぶっ込まれるんじゃないかとびくびくしつつも食事を進めていき、ほとんど同時に食べ終える。

　気づけば店内は俺たちが来たときより賑々しくなっていた。昼飯時が近く、長居すれば店の迷惑になりそうだ。

「さて、名残惜《なごりお》しいけどそろそろ出るか」

「そうね。アクリルスタンド、ミオミオちゃんが当たるといいんだけど……」

「まほりんって全推しじゃなかったか？」

「そうなんだけど、漆黒くんと話してたらミオミオちゃんが欲しくなっちゃってさ。愛の力で引き当ててくれない？」

「まあ、頑張ってはみるけど。あんまり期待しないでくれよ？　俺もうクジ運使い果たしちゃったし」

「ミオミオちゃんのステッカー手に入れたもんね」

「そういうこと」

ほんとは高瀬のとなりの席を射止めたことを言ってるのだが、この想いは誰にも内緒だ。

ふたり揃って席を立ち、会計を済ませる。するとメイドさんがクジ引きの箱を出してきた。

桃井が緊張の面持《おもも》ちで見守るなかクジを引き――

「お、ミオミオだ」

「すごいすごい！　ほんとに当てちゃった！　――きゃ～、ありがとうございます～！」

メイドさんからミオミオのアクリルスタンドを受け取り、桃井は満面の笑みだ。

「よかったな」

「これほんとにもらっちゃっていいの？」

「いいっていいって」

「やった～！　ほんとにありがと！　大事にするねっ」

ブランド物らしきバッグに大事そうにミオミオを入れ、メイド喫茶をあとにする。そのままエレベーターに乗り、ビルを出た。

これにてミッションコンプリートだ。

桃井も満足げな顔をしているし、替え玉としてパーフェクトな働きができたはず。

安心したら眠気が押し寄せてきた。早く家に帰って休みたい。

「今日はオフ会できて楽しかったわ」

「俺もだよ。まさか桃井とは思わなかったが、楽しく話せてよかったよ」

「あたしも楽しかったわ！　だけど……」

明るい顔が、突然陰《かげ》る。

なんだか申し訳なさそうな顔をして、

「あたしたちは、あくまでネトゲの夫婦だから。学校でもいつも通りに振る舞うし、リアルでそういう関係になることはありえないから。ぜったいに勘違《かんちが》いしないでね？」

つまり『あたしに惚れるな』って言いたいわけね。そう言いたくなる気持ちもわかるくらい桃井は美人だし、会話も弾んだ。

俺が普通の男子高生なら惚れてただろうし、ワンチャンあると勘違いして馴《な》れ馴《な》れしくしていたかもしれない。

だが、俺は惚れない。

俺が付き合いたいのは桃井じゃなく、高瀬だから。

「心配しなくても、桃井に惚れることはないと断言できるから」

「ほんとに？」

「ほんとだって。悪いけど俺、桃井にはガチで興味ないから」

気を悪くさせそうなことを言ってしまったが、むしろ桃井は嬉しそうに唇《くちびる》をほころばせた。

「ならいいの。じゃ、またネトゲで！」

「ああ。ゲームの雰囲気《ふんいき》は壊したくないし、学校の話題は出さないようにしてくれよな」

ネトゲ嫁の正体がクラスメイト、しかも琴美が最も苦手とするキラキラ系の女子だと知れば、緊張して楽しくオタクトークできなくなるかもしれない。

まほりんの正体が桃井だということは隠したほうがいいだろう。

「わかってる。これまで通り、アニメとマンガとゲームの話に花を咲かせましょ！」

上機嫌そうにそう言うと、桃井は慣れた様子で通りかかったタクシーを呼び止めて、俺の前から去っていった。

◆

無事にオフ会を乗り切った俺は、どこにも寄り道せずに帰宅した。

「ただいま……」

マジで長い一日だった……。いますぐベッドにダイブしたいところだが、まずは琴美に結果報告しないと。

二階に上がり、琴美の部屋をノックする。

「琴美ー。帰ったぞー」

がちゃ、とドアが開かれた。

ずっと家にいたのか、琴美はパジャマ姿のままだ。髪すら結ばず、寝癖《ねぐせ》もそのまま残されている。

さっきまでオシャレ女子を見ていただけに対比がえぐいな。同じオタクでこうも違うかね。

いやまあ、琴美も顔立ちは悪くないのだが。中三のときにアニメショップでナンパされたって怖がってたし、猫背さえ治せばスタイルもそれなりにいいし。

それに桃井は女に優しい。オシャレに無頓着《むとんちゃく》なズボラ女子でも、共通の趣味を持っていると知れば仲良くなってくれるはず。まほりんの正体をいきなりバラすのは避けたいが……ネトゲ嫁とリアルで仲良くなる気はないか、軽く探りを入れてみるか。

「おかえりハルにぃ！　オフ会どうだった？」

「大成功だ。ちゃんと盛り上がったぞ」

「さすがハルにぃ！　やっぱりハルにぃに頼んで正解だった！　ありがとね！」

「どういたしまして。んで、会計が二三〇〇円だったんだが、ちゃんと小遣《こづか》い残してる？」

「うん。ちょっと待ってて。――はいこれ、二三〇〇円」

「ん。じゃあこれ」

ミオミオのステッカーを渡すと、琴美は目をキラキラさせる。

「うはー！　可愛い～！」

「気に入ってもらえてなによりだ。大事にしろよ」

「うん！　ところでアクリルスタンドは――」

「まほりんに譲ったよ」

「ほんとに譲っちゃったんだ。ちなみに、なにを当てたの？」

「ミオミオ」

「え!?　ミオミオ当てたの!?」

「まあな。俺と話してたらミオミオが好きになったとかで、まほりんにすげえ感謝されたぞ」

「そっかー。私も欲しかったけど……まあ、まほりんに喜んでもらえたならいいや」

でさ、と興味深げに俺を見て、

「まほりんって、女のひとだった？」

「ああ。女のひとだったよ」

琴美は安心したようにため息をついた。

「よかったー」

「よかったって、向こうの性別気にしてたのか？」

「当たり前だよ。男のひとだったら緊張しちゃうもん。イケメンキャラを使ってるのだって、女のひとと仲良くなりたかったからだし」

「ああ、それで男キャラ使ってたのか」

「うん。イケメンだったら、女のひとが寄ってくると思って。それで、最初に寄ってきたのがまほりんで、チャットしてみたらオタクだったの！　しかも私の好きなアニメは全部好きって言ってくれて、会話も盛り上がっちゃって」

「で、結婚したのか」

「うん。結婚しなくてもチャットはできるけど、結婚したら夫婦の歩みとしてチャットログが離婚するまで残るんだよ。まほりんとのチャット楽しくて、見返したくなるから結婚したの」

「そか。とにかくまほりんとのチャットが楽しくて仕方ないわけだな？」

「うん！　すっごい楽しい！」

琴美は満面の笑みだ。こんな顔、学校じゃぜったいに見せない。

チャットだけでこんだけ楽しめるんだ。リアルでも仲良くなればもっと楽しめるに違いない。

「だったらさ、直接まほりんに会ってみたらどうだ？」

「え、無理無理無理！　無理だよ！　だって無理だからハルにぃに頼んだのに」

「わかってる。面と向かって話すのが恥ずかしいんだろ？」

「うん……。チャットじゃないと緊張して話せないよ」

「でもさ、実際に話してみれば意外となんとかなるかもだぞ。替え玉を頼んだことも、事情を話せばきっと許してもらえるって」

「できないよ……」

琴美は力なく言う。

人見知りを克服するためにも、できれば桃井と仲良くなってほしいが……無理強《むりじ》いはかわいそうだしな。

それにネトゲは琴美にとって心の拠り所――はじめてできた友達との触れ合いの場なのだ。たとえ対面せずとも、チャット交流だけで幸せな時間を楽しめている。

琴美のためを思ってのことだが、本人にその気がないのにまほりんと会わせようとするのはありがた迷惑か。

「ま、琴美がそう言うならそれでいいさ。じゃあ俺、寝るから」

「うん。今日は本当にありがとね、ハルにぃ」

どういたしまして、と自室に入り、俺はベッドにダイブした。

幕間　ネトゲ夫婦のチャットログ

【漆黒夜叉】というわけでオレ的に今期一位は異世界ホームルームかなー
【まほりん】相変わらず異世界系が好きだね
【漆黒夜叉】まあな！　まほりんはやっぱ熱血戦姫《せんき》？
【まほりん】もち！　一期一話から一貫して激アツで大好きっ！　シリアスになってもすぐに熱血パワーでぶち壊してくれるから安心して楽しめるよ！
【漆黒夜叉】話も作画もマジで安定してるよな。てかオリアニで三期まで続くってすごくね？しかも面白《おもしろ》さも回を重ねるごとに更新されていってるだろ？
【まほりん】まさにそれ！　二期の敵チームが三期で仲間になる展開とか熱すぎ！　なによりOPが神！
【漆黒夜叉】それすごいわかる！　さっきは異世界ホームルーム推《お》しって言ったけど、OPはダントツで熱血戦姫なんだよなー。オレって基本的にメロディ重視の人間だけど三期のOPは歌詞が最高なんだよ

【まほりん】ほんとそれ！　戦姫ちゃんの仲間への愛と想いがあふれてて、熱血ソングなのに泣いちゃいそうになるの！
【漆黒夜叉】ストーリーと完全リンクしてるから考察要素まであるしな！
【まほりん】あ、待って待って！
【まほりん】言わないでね考察！　漆黒《しっこく》くんの考察は当たるからネタバレになっちゃう！
【漆黒夜叉】りょーかい。てかいまOP聴いてたけどマジいいな
【まほりん】私も聴いてたw　てか歌ってるw
【漆黒夜叉】こっちは壁薄いから歌ったら家族に怒られるw
【まほりん】カラオケ行くしかw
【漆黒夜叉】マジで行きたくなってきたw
【まほりん】じゃあ一緒に行く？
【まほりん】おーい
【まほりん】漆黒くーん？
【漆黒夜叉】ごめんごめんOPが神すぎて聴き入ってた！　てかカラオケって部屋じゃなくて利用者数に応じて料金支払うシステムだしヒトカラしたほうがお得じゃね？
【まほりん】でも一緒に歌ったほうが楽しくない？
【漆黒夜叉】マジそれな！　ほんとわかるまほりんの言いたいこと！　でもなー、まほりんと

一緒に歌うのはマジで楽しそうだけど、オレってマイナーなアニソンを歌うタイプだしなー。オレは楽しめるけどまほりんがそうとは限らないんだよなー

【まほりん】私好きよ。知らない曲を聴くの

【漆黒夜叉】そうなんだー

【まほりん】あっ、いま調べたけどビッグボイスに異世界ホームルームのコラボルームがあるみたい！

【漆黒夜叉】マジか！　あーでもビッグボイスか！　まほりんってビッグボイス派なんだな！　オレはまねきん猫派なんだよなー！　こだわりってわけじゃないけど初カラオケがまねきん猫だし義理というか愛着というかべつにビッグボイスに行きたくないわけじゃないけどオレってセルフアニソン縛《しば》りしてる系の人間だしまねきん猫はアニメＰＶが充実してるしなー

【まほりん】私もまねきん猫派だよ！

【まほりん】おーい？

【まほりん】どうしたのー？

【まほりん】一緒にカラオケ行きたくない感じ？

【漆黒夜叉】ごめんごめんお湯沸かしてるの忘れてて離席してた！　てかまほりんと行きたくないわけないだろ！　一緒に行ったら楽しいに決まってるんだから！　ただオレって歌上手《うま》いから一緒に行けばまほりんが聴き入ってオレにもっと歌ってってって言っちゃうと思うんだよなー。

仮にまほりんが歌うとしてもオレはアニソン聴いたら自然とオタ芸しちゃうタイプだしなー。そしたら気が散って歌いづらいと思うんだよなー。第一オレってマイク手放したくないタイプだし！　そしたらまほりんが歌えないじゃん？

【まほりん】いっぱい歌っていいよ

【漆黒夜叉】ありがと

【まほりん】今週の土曜一三時に金浄《きんじょう》駅前のまねきん猫集合でいい？

【漆黒夜叉】うん

第二幕　妹のネトゲ嫁に告白された

その日の夜。

さくっと宿題を終わらせた俺は、いつものように復習に励《はげ》んでいた。

中間テストは一二日後。ここからの頑張りしだいで学年トップテン入りも見えてくる。

目標は得意の日本史で一〇〇点を取ること。満点の答案用紙を見せれば高瀬《たかせ》に『藤咲陽斗《ふじさきはると》＝賢《かしこ》い』と認識させることができる。

連絡先すら知らない異性に勉強を教わろうとするかは疑問だが……。まあ、高瀬は男子にもフレンドリーだしな。性別の垣根《かきね》を越えて俺を頼ってくれる可能性は充分に考えられる。

学校じゃ桃井《ももい》グループにべったりで高瀬とはほとんど話せない。高瀬と一気に距離を縮《ちぢ》めるには、テストでいい点を取るしかないんだ。

「マジ頑張ろ」

最近勉強のお供《とも》にしているリンゴ酢を飲みながら、引き続き問題集を解いていく。

『ハルにぃ、起きてる?』

ノック音とともに琴美《ことみ》の声が聞こえたのは、二二時を過ぎた頃だった。

起きてるぞー、とドア越しに返事すると、琴美が遠慮がちにドアを開けた。アニメシャツとジャージズボンに身を包んだ琴美は、どういうわけか泣きそうな顔をしていた。

「どうした琴美?」

「えっとね、えっと……助けてほしいの」

「宿題が難しいのか?」

「難しいけど、そうじゃなくて……」

「コンビニについてきてほしいとか?」

「小腹は空《す》いてるけど、そうでもなくて……」

「部屋に虫が出たとか?」

「虫が出たわけでもなくて……」

琴美は気まずそうに目を伏せて言いよどむ。

学校じゃ相変わらず話さないが、家にいるときはよくしゃべる。今日だって夕飯中に『このBGMってアニメのなんだよ』『バラエティで多用されてるよな』みたいな会話をした。

なのにいま、琴美は泣きそうな顔をしている。俺に対して、気まずげな眼差《まなざ》しを向けてきている。

……正直言うと、嫌な予感しかしない。

つい先週も同じようなやり取りをしたばかりだ。まさかそんなはずはないだろうけど——

「まほりん絡《がら》みじゃないよな？」

「……まほりん絡み」

「オフ会とか言わないよな？」

「……オフ会することになっちゃった」

またかよ！　お前の辞書に『反省』の文字はないのか⁉

「なんで引き受けちゃうんだよ！」

「だ、だって、断ればまほりんを傷つけちゃうよ……」

「俺のメンタルがズタズタなんだが？」

琴美がパリピのパーティに送り出されるようなものだぞ。精神がゴリゴリ削《けず》れるんだわ。

「で、でも、まほりんに嫌われたくないし……」

まほりんは唯一《ゆいいつ》の友達だ。嫌われないように良い顔を見せたくなる気持ちはわかるけど……

「俺に嫌われるとは思わないのか？」

「ハルにぃ、私のこと嫌いになるの……？」

琴美はもう泣く寸前だ。

「ああもうっ、ぐずるなよ。嫌いになったりしないから！」

「……ほんと？」

伏し目がちに見てくる琴美に、俺は首を縦《たて》に振る。

俺はシスコンじゃないが、琴美は大事な妹だ。よく手がかかる子ほど可愛《かわい》いと言うが、俺にとっての琴美もそんな感じ。

小学生の頃はずっと俺にべったりだった。中一が終わりに差しかかる頃から異性と連《つる》む奴《やつ》は目立つようになり、琴美は注目を避けるため学校内で俺に絡むのを避けるようになったが……甘え癖《ぐせ》が消えたわけじゃない。試験が近づけば勉強を教わりに来るし、部屋に黒光りする虫が出たときは一目散《いちもくさん》に俺の部屋に逃げてくる。

俺にとって琴美に頼られるのは当たり前のことだし、助けるのは当然のこと。オフ会が面倒《めんどう》なことに変わりはないが、だからっていまさら嫌いになることはない。そう断言できるくらいには、俺は妹を可愛く思っている。

「でさ、オフ会ってまたコラボカフェ？」

「ううん。今回はカラオケ」

「ああ、カラオケか」

それなら歌うだけでいい。カラオケに誘うってことは桃井もオタクトークではなく歌うのが目的のはず。会話中心のコラボカフェではトークについていけず、ボロが出るんじゃないかと冷や冷やしたが、歌うだけなら替え玉だとバレるリスクはグッと減る。

俺の表情が和《やわ》らいだのを察したのか、琴美は安心したように顔を上げる。

「ハルにぃってカラオケ好きなの？」

「ま、それなりにな。中学のときは友達とよく行ってたよ。最近はご無沙汰《ぶさた》だが、それでも二、三カ月に一回は仲が良い奴らと行ってるぞ」

「それ、どのカラオケ店？　まねきん猫？　ビッグボイス？」

「こだわりはないが……なんで？」

「私、まほりんにまねきん猫派だって言っちゃったから。会員カードがないと不自然に思われちゃうよ」

「そういうことなら心配すんな。まねきん猫の会員カードは持ってるから」

琴美はほっとため息をつく。

「よかった～。ハルにぃがカラオケ好きなひとで」

「俺も安心したよ。カラオケだったら前みたいに対策しなくて済むしな」

「うん。あ、でもハルにぃ、対策ってほどじゃないけど、まほりんにマイナーな曲が好きって言っちゃってるから有名曲は避けてくれる？」

「お安い御用だ。むしろ俺、マイナー曲のほうが詳《くわ》しいから」

「よかった～。あとね、アニソン縛《しば》りだから」

おい待て！　さらっととんでもないこと言うんじゃねえ！

「アニソンとかドリステの数曲しか知らねえぞ！」

「ドリステはメジャーだから歌えないよ」

「唯一の武器を失っちゃったよ！」

「だいじょうぶ！　ハルにぃの声質にぴったりなアニソンをリストアップするから！」

「それ、いつまでに覚えりゃいいんだ？」

まさか明日の放課後とか言わないよな？

「土曜日の一三時までだよ」

「土曜か。それならなんとか……」

今日は水曜。前回同様付け焼き刃なのは同じだが、丸二日余裕があるのはありがたい。

それだけあれば曲を覚えるくらいはできる。たどたどしくなるだろうが、そこは音痴《おんち》設定で乗り切ればいい。

「あとね、まほりんに歌上手《うま》いって自慢しちゃったから上手に歌ってね？」

「なんでハードル上げるんだよ！」

「だって、私が歌上手いって聞けば一緒に行くのためらうかもって……ごめんね、ハルにぃ」

「もういいよ。言っちまったもんはしょうがねえし。そういうことなら覚えるのは二、三曲に集中して、あとはずっとまほりんに歌わせて時間を稼《かせ》ぐしかないか……」

「まほりんに『マイク手放したくない』って言っちゃった」

ことごとく逃げ道を塞《ふさ》ぎやがって！

「お前もう次誘われたら途中で俺にチャット代わってくれ……」

「うう、迷惑かけてごめん……」

「いいよもう。わかってくれたならそれで」

泣こうが喚《わめ》こうがオフ会は確定。説教しても状況は変わらない。

それに一度替え玉を引き受けてしまったのだ。桃井は『漆黒夜叉＝藤咲陽斗』だと認識している。どのみち俺が行くしかない。

「時間が惜《お》しい。早いとこ曲をリストアップしてくれ」

「待ってて。すぐに用意するから！」

琴美が部屋を出ていき、三〇分ほどして戻ってきた。

その手には音楽プレーヤーとタブレットが――

「そのタブレットはなにに使うんだ？」

「アニメを見るのに使うよ」

「……なんでアニメを？」

「アニソン縛りだもん。歌ったあとはそのアニメの感想になると思うから、知識は身につけておいたほうがいいよ。ハルにぃのアカウント作ってマイリストに放りこんでおいたからっ！

マイナーなのが多いけど面白《おもしろ》さは保証するよ！」

「……全何話？」

「五〇話」

オフ会当日までまたアニメ漬《づ》けになりそうだ。

◆

そして迎えた土曜日。午前中にアニメを見終えた俺は、待ち合わせの五分前に金浄駅《きんじょう》に到着した。

オフ会会場のまねきん猫は、前回利用したのと同じビルの三階だ。

さっそく雑居ビルを訪れ、エレベーターで三階へ。ドアが左右に開くと、カラオケ店の前に金髪碧眼《へきがん》の女子がいた。

オフショルダーのニットワンピース姿の桃井は、大学生くらいの男と揉《も》めているようだった。

嫌悪感丸出しの顔で声を荒らげている。

「だーかーら、男と待ち合わせしてるって言ってるじゃない」

「でも、フリーなんだよね？　オレならカラオケなんかよりもっと楽しいところに連れてってあげるよ」

しつこくナンパされてるようだ。金髪碧眼の女子高生なんて滅多《めった》にお目にかかれないしな。メンタル強めのナンパ師なら、声をかけずにはいられない逸材《いつざい》なのだろう。

「待ち合わせしてるのに行くわけないでしょ」

「じゃあさ、あとで話そうよ」

「ああもうっ。しつこいひとほんと無理なんだけど！　いいかげんにしないと……」

と、桃井が俺に気づいた。

ナンパの邪魔すればトラブルになりそうなのでエレベーターに隠れていようかと思ったが、見つかってしまった以上は声をかけないわけにはいかない。

「桃井の知り合い？」

「違うわ。ナンパよ。なにか言ってやって──」

「す、すすす、すみませんでした！　失礼します！」

なにか言う前に逃走された。目の前でエレベーターのドアが閉まり、慌《あわ》ただしく階段を駆け下りていく。

「……」

強面《こわもて》なのは重々承知してるけどさ。いくらなんでも怖がりすぎだろ。普通に傷つくぞ……。

だからこそ、怖がるどころか笑顔で『かっこいい』と言ってくれた高瀬の優しさが際立つのだが。

「追い払ってくれてありがと。助かったわ」

「俺、なにもしてない」

「なにもしてないことないけど……あなた、落ちこんでるの？」

桃井に顔を覗《のぞ》きこまれ、俺はぷいっと横を向く。

「落ちこんでない」

「嘘《うそ》よ。ぜったい落ちこんで――あ、わかった。怖がられたのがショックなのね？」

「イジるなよ」

「イジってないわよ。強そうな顔でいいじゃない。好みじゃないけど、好きなひとはぜったいいる系統の顔よ」

好みじゃないは余計だが、桃井に好かれたいわけじゃないので、褒《ほ》め言葉として受け取っておこう。

「にしてもあなた、すごい格好《かっこう》ね」

「お、気づいた？」

今日はコラボカフェじゃないので服装の指定はされず、俺は私服でここへ来た。

こないだ高瀬が動物占いで『トラタイプのひとと相性いいみたい！』とはしゃいでいたのが聞こえたので、俺はその日のうちにトラ柄《がら》シャツとトラの刺繍《ししゅう》入りズボンを購入した。桃井が『トラずくめの藤咲を見かけた』と話題にするのを期待して、こうして着てきたというわけだ。

「ううん。気づけてないわ。それ、誰のコスプレなの？」

「え、コスプレ？」

「うん。じゃなかったらダサすぎるし」

ダサすぎる、だと……？　いやいや、普通にかっこよくね？　トラをかっこ悪いと言う奴はいないし、だったらトラの柄シャツもズボンもかっこいいと思われるのが道理だろ。

あ、わかった。

「桃井の好みじゃないってことか」

「一般論よ。組み合わせが悪すぎね。可愛い系の顔ならギャップがあってまだ許容できるけど、あなたが着ると本職にしか見えないわ」

悔《くや》しいが論破されてしまった。たしかにトラを怖いというひとはいるし、だったらトラ柄のシャツもズボンも怖いと思われるのが道理だ。

そっか俺、本職に見えるのか。それで男も逃げたんだな。

顔のせいじゃないとわかったのは嬉《うれ》しいが、桃井に『ダサい格好した藤咲を見かけた』とか話題にされたら最悪だ。誤魔化《ごまか》そう。

「桃井の言う通りコスプレだよ。マイナーアニメのな！」

「なんてタイトル？　ぐぐってみるわ」

「調べないほうがいいぞ！　その、なんていうか、けっこうグロめだから！　そんなことより早く受付しようぜ！」

　勢いで押し切り、自動ドアをくぐる。押し入るように入店した俺を見るなり女性店員が顔を強《こわ》ばらせた。俺もうこの服着るのやめよ。

「い、いらっしゃいませ。二名様ですか？」

「ふたりです」

「ご利用時間はどうなさいますか？」

「時間……どうする？」

「二時間でどう？」

「二時間だけ？」

　てっきりフリータイムでがっつり楽しむのだと思ってた。今日はほかに用事があるのかね？

ま、俺としては短いほうが都合がいいけど。持ち歌七曲しかないし。

「試験前だから早めに切り上げたほうがいいかなと思ったのよ。がっつり歌いたい感じなら、何時間でも付き合うわ」

「ああいや、二時間でいいよ。こういうのって長いとけっきょく終盤グダるし」

「わかるわかる。途中で持ち歌切れちゃって、詳しくない曲を入れがちよね。最後のほうとかライブ映像を見るだけになっちゃうし」

　口ぶり的に、琴美とは違ってヒトカラ以外の経験もあるようだ。いつもの仲良しグループと行ってるのかな？　高瀬がどういう曲が好きなのか教えてほしいぜ。

「二時間でお願いします」

利用時間を告げ、マイクとグラスを受け取り、ドリンクバーでコーラを注いでから部屋へ。向かいあってソファに座ると、桃井にタッチパネルを渡された。

「好きなだけ歌っていいわよ」

さて、どうするかな。

俺の持ち歌はＯＰが四曲、ＥＤが二曲、挿入歌《そうにゅうか》が一曲の計七曲。途中アニメの感想パートを挟《はさ》んでも、せいぜい一時間しか持たない。

同じ曲をリピートすることで時間を稼ぐつもりだが、琴美の奴が貴重な三枠《わく》をシャウト系で埋めやがったからな。繰り返したら喉《のど》が死ぬよ。

フリータイムになるだろうと思っていたので喉が死ぬ覚悟でカラオケに来たし、二時間なら『マイナーなアニソン好きのオタク』と信じさせたまま解散の流れに持ちこめるけど……

「まほりんも歌おうぜ」

できれば桃井にも歌ってほしい。そうすればひとり一時間で済む。七曲でもリピートせずに持ちこたえることが可能だ。

「マイクを手放したくないんじゃなかったの？」

「そうだけど、アニソン好きとカラオケ来るのはじめてでさ。一緒に盛り上がりたいんだよ。

そっちのほうがぜったい楽しそうだろ？」

「わかるっ。ほんとのこと言うとね、あたしも歌いたかったの。誰かと一緒にアニソン歌うのはじめてだもの！　やっとアニソンで盛り上がれるのね……」

よほど嬉しいのか桃井は感動を隠しきれていなかった。歌いたいなら素直に言えばいいのに。琴美と同じように、桃井もネトゲ旦那《だんな》に嫌われないように気を遣《つか》っていたのかね。

「友達と行ったときはアニソン歌わないのか？」

「そのときは流行の曲しか歌わないわ。オタクだってことは秘密にしてるから」

徹底してるねぇ。歌われたところでアニソンだって気づけないし、気づいたところでべつにどうも思わんのだが。俺がオタクじゃないからわからないだけで、オープンにするのは勇気がいることなのかね。

ともあれ。

「好きなだけアニソン歌ってくれ。あと、できればミオミオのキャラソンを聴かせてくれ」

桃井は全推《お》しだと言っていた。ミオミオの曲を歌えばその流れで全員分のキャラソンを歌いたくなるはずだ。ドリステならアニメの話題になってもなんとかついていける。

「歌いたい！　てかミオミオちゃんで思い出したけどほんとアクリルスタンドありがとね！　こんな感じになってるから！」

桃井がスマホで写真を見せてきた。照明つきのケースにドリステのアクリルスタンドが並び、ライブ会場の様相を呈《てい》している。

「すげえ気合い入ってんな」

「でしょ～っ！　見てわかると思うけど上段は最終話のライブシーンを再現したの！　下段はアイドルの煌《きら》びやかな日常ね！　で、こっちの写真がフィギュア棚っ！　音楽系の作品だけで構成してドリームライブ会場にしてみたの！　こっちの棚はミクちゃん限定！　そーしてー、じゃじゃーん！　熱血戦姫《せんき》大集ご……あ、これ違った」

今度こそ大集合～！　と声を弾《はず》ませる桃井だが、すぐさまスワイプされた『これ違った』の写真をもっと見せてくれ！

一瞬だったけど高瀬だっただろ！　コーヒー片手にカフェでドヤってる私服姿の高瀬だっただろ！

「目がギンギンね。そんなにすごかった？」

「めっちゃ良かった。いいもの見せてくれてありがとな！」

「いいっていいって！　むしろ見られてなんぼのフィギュアじゃん？　漆黒《しっこく》くんのフィギュアコレクションも見せてよ」

「あ、ああ、俺は撮ってないから」

「そうなの？」

「そうなんだよ。俺って旅行行ったときも写真撮らずに心に保存するタイプだからなー。てかそれより早く歌おうぜ！」

　そうね、と桃井がわくわくした目で俺を見る。期待に応《こた》えられるか不安になりつつ、タッチパネルを操作して、マイクを握る。

　イントロとともに曲名が表示され、桃井がきょとんとする。

「これって、なんの曲だっけ？」

「電脳ニンジャ大戦。知らない？」

「はじめて聞くわ」

「まあマイナーだしな」

　言いつつ、歌が始まったので熱唱する。序盤はそれなりに歌いやすいけど、途中でラップが差しこまれるのが厄介《やっかい》だ。琴美の奴、なんで貴重な一枠をラップにしちゃうのかね。声質より歌いやすさを優先してほしいぜ。

　曲が終わり、マイクを置く。

「……どうだった？」

「はじめて聴くけどいい曲ねっ。ていうか途中で謎ラップ入るのがアニソンあるあるよね～。じゃあ次、あたしの番ね！　まずは誰のキャラソンにしようかしら」

　アニメの感想、なし！　電脳ニンジャ大戦に費《つい》やした六時間が一瞬で終わってしまった。琴美がチョイスしたなかじゃ一番面白かったし、語れるシーンも多かったのに……。いっそ俺のほうからアニメトークを振ってもいいが、桃井はもう歌う気満々だ。

「決めた！　リクエスト通り、まずはミオミオちゃんから行くわ！」

「いえーい！　ミオミオー！」

「あたしに気にせずオタ芸していいからねっ！」

「オタ芸⁉」

「漆黒くんってアニソン聴いたらオタ芸しちゃうタイプなのよねっ」

　初耳ですが⁉

「あたしリアルでオタ芸見るのはじめて～」

　桃井が期待の眼差しで俺を見ている。

　オタ芸がどういうものかはドリステで見たので知っているが、踊ったことは当然ない。

　しかし桃井のなかでは踊れることになっているのだ。せっかくここまで替え玉として完璧《かんぺき》な働きをしてきたのに、こんなところで躓《つまず》きたくない。

　イントロが流れ、桃井がマイクを握りしめる。そして歌い出すのと同時に、俺は腰を激しく振り、腕を高速スピンさせる。

「ぷはっ！」

　そんな俺を見て、桃井が噴《ふ》き出した。けほけほ咳《せ》きこみ、ニヤニヤしつつキャラソンを歌う。

　そして曲が終わると、我慢《がまん》の限界とばかりにお腹《なか》を押さえて笑いだした。

「ちょっ、漆黒くん面白すぎだから！」

「そ、そんな笑うなよ」

「だって動きが想像以上にキレキレで……服装と動きのギャップが……ふっ、ふふっ」

ツボったらしい。記憶に焼きついたのか、桃井の思い出し笑いが止まらない。

青い瞳《ひとみ》からこぼれる涙を拭《ぬぐ》いながら、

「あー、おかしい。やっぱ漆黒くん最高だわ〜。誰にも見せないから動画撮っていい？」

「やだよ恥《は》ずかしい」

「え〜、ざんねーん。じゃー次、漆黒くんの番ね」

タッチパネルを渡され、選曲するとマイクを握る。イントロが流れるが、マイナー曲だからだろう。やはり桃井の知らないアニメだったようだ。歌い終わってもアニメの話になることはなく、桃井は待ってましたとばかりに選曲する。曲が流れると期待するような顔をして、キレキレのオタ芸を見て笑いそうになりながらキャラソンを歌う。

コール音が響いたのは、オタ芸とシャウトで体力の限界が近づいていた頃だった。疲弊《ひへい》していた俺の代わりに桃井が応答する。

「あと一〇分で退室だって。どうする？　延長しちゃう？」

よほど楽しかったのだろう、桃井が延長を提案してきた。

琴美だったら嫌われたくない一心で受け入れそうだが、すでに充分桃井を楽しませた自信が

ある。最初に二時間を提案したのも桃井だし、ここで切り上げても嫌な顔はしないだろう。

「今日はもう終わりにしようぜ」

「ほんとにいいの？」

「歌い足りないなら一時間くらい延長してもいいが……」

「ううん。終わりでいいわ」

桃井は店員さんに退室の旨《むね》を伝えると、ソファに腰かけて真剣な眼差しを向けてきた。

「変なこと聞くけど……あなた、彼女いる？」

「どうした急に？」

「いいから答えて」

「いないけど……」

そう、と安心したようにため息をつき、

「じゃあさ、あたしと付き合ってよ」

俺を困惑《こんわく》させる一言を放った。

は？　付き合って？　俺が？　桃井と？　こいつ俺のこと好きだったの？

気持ちは嬉しいけど付き合えないぞ。俺は高瀬が好きなんだから。

でもな……。さらっと言われたけど、告白ってすげえ勇気がいるしな……。

結論としては付き合えないが、『無理』の一言で片づけるのはさすがにかわいそうだ。

なるべく悲しませないように言葉を選んで断るしかないか。

「あー……なんていうかだな、その……非常に申し上げにくいんだが――」

「あ、もういいわ。言わなくてもわかったから」

けろっとした顔で桃井が遮《さえぎ》る。

「ずいぶんあっさりしてるな……」

「だって本当に付き合うつもりはないもの」

「……お前、俺をからかったのか？」

「そんな性格悪いことしないわよ。ただ、藤咲の気持ちを確かめたかったの」

「気持ち？」

「藤咲があたしに惚《ほ》れてるかどうかよ。さすがに少しは迷うと思ってたけど、まさかこんなに興味を持たれてないなんてね。びっくりだわ」

「……俺は申し訳なさそうな顔をするべき？　それとも誇らしげにするべき？」

「誇っていいわ。あたしに惚れないでくれてありがとね」

「どういたしまして」

「でさ、本題なんだけど、あたしと付き合ってるふりしてくれない？」

これ以上俺を困惑させないでくれ！

「なんでだよ。意味わかんねえよ」

「ごめん、戸惑《とまど》わせちゃったわね。順を追って話すと――最初にオフ会を持ちかけたのって、一緒に遊びたかったのもそうだけど、恋人のふりをしてくれないかお願いするためだったのよ。あくまで『恋人のふり』だから、好意を寄せられたら提案はやめようと思ってたわ」

「だったらなんで前回提案しなかったんだ？」

今回もそうだが、コラボカフェでも桃井に好意を見せたつもりはない。むしろ、あの場から一刻も早く逃げだしたいとすら思っていた。

「念のため様子見することにしたのよ。そしたら学校でも馴《な》れ馴《な》れしくしてこないし、延長は断るし、あたしに告白されたのに振ろうとするし。クラスメイトなのがネックだけど、あなた以上の適任者はいないわ。だからお願い、恋人のふりをしてちょうだい！」

男なら誰もが憧《あこが》れる桃井と恋人のふりをする――。

正直言うと気は進まないが、これを断れば恋人のふりをしてくれる男を求め、べつのネトゲ旦那を見つけようとするかもしれない。

桃井のことは好きではないが、嫌いってわけでもない。替え玉とはいえ一緒に遊んだ仲でもあるのだ。新たなネトゲ旦那とオフ会して、そいつが桃井を見て邪《よこしま》な考えを抱いたら――もしニュース沙汰《ざた》になりでもしたら、俺は普通に悲しい。

それに琴美のこともある。

新たなネトゲ旦那と上手くいけば、琴美との縁《えん》が切れてしまうかもしれない。桃井は琴美にとってたったひとりの友達なのだ。それを失うリスクは避けたい。

なので返事はすでに決まっているが、もうちょっと詳細《しょうさい》を聞かせてほしい。

「恋人のふりをする目的は？」

たとえば望まぬ見合いを避けるため、恋人がいることにしたいのか。

あるいはカップル限定のイベントに参加したいのか。

はたまた単なるナンパ避《よ》けとして使いたいのか。


「友達に紹介したいの」


……嫌な予感がした。

勘違《かんちが》いであってほしいけど……最近、俺の嫌な予感は当たるからなぁ。

「その友達って……寿《ことぶき》と青樹《あおき》と、高瀬だったり？」

「よくわかったわね」

くそっ、やっぱり仲良しメンバーか！

寿と青樹はまだいいが、高瀬の前で恋人のふりとか勘弁《かんべん》しろよ！　俺が一年一カ月も片想いしてる女子だぞ!?　高瀬にだけは恋人がいるとか思われたくねえよ！

　でも琴美のためにも断れねえ！

「お願い。藤咲にぜったい迷惑はかけないから！　嵐《らん》ちゃんも葵《あおい》ちゃんも鳴《なる》ちゃんも口が堅《かた》いから、学校で言いふらしたりしないわ。後腐《あとくさ》れなく別れるし、三人に紹介するその日だけ恋人として振る舞ってくれればいいの！」

「恋人として振る舞うのは一日限定でも、三人には関係が継続してるって思われるよな？」

　むしろそう思わせないと俺を紹介する意味がない。

「それはだいじょうぶ。付き合ってるふりでした――なんてことはぜったいに言えないけど、そのうち別れたって伝えるから」

「破局の理由は？」

「理由？　そこまで考えてなかったけど……喧嘩《けんか》別れか価値観の違いが無難でしょうね」

「その二択なら価値観の違いで頼む。ついでに言うと、円満に別れたってことにしてくれ」

　桃井は高瀬の親友だ。喧嘩別れしたと知られたら、俺が嫌われてしまいかねない。

　桃井はセレブだし、価値観の違いってことならしょうがないと思ってもらえるはず。

「それでいいわ。……で、引き受けてもらえるの？」

「引き受けはするが……そもそもなんで恋人がいるふりをしなくちゃならないんだ？」

　桃井は気恥ずかしそうに目を逸《そ》らした。言いづらそうにもごもごと、

「あたしだけ恋人がいないから、孤立《こりつ》するかもと思って『恋人がいる』って見栄《みえ》張っちゃったのよ」

「……え？」

「だーから、あたしだけ恋人がいないの！　あなただって、親友全員に恋人ができたら焦《あせ》るでしょ？　気を遣ってリア充だけで集まるようになるかもって不安になるでしょ？」

「……確認させてくれ。お前にだけ恋人がいないのか？」

「イジってる？」

「イジってない。ただ、その言い方だとほかの三人には恋人がいるように聞こえてさ……はは、そんなわけないのにな」

「そんなわけあるからこうして話してるんだけど？　ていうか三人ともすごい可愛いんだから恋人がいて当然じゃない」

　可愛いよ！　そりゃ可愛いよ！　恋人がいて当然の可愛さだよ！

でもいないだろ!?　高瀬に恋人は！　俺がどんだけ高瀬を見てきたと思ってんだ！　高瀬が学校で男とイチャついてる姿とか見たことねえぞ！

「ち、ちなみに、三人の恋人って誰？　どんな奴？　いつから付き合ってんの？」

「二カ月くらい前――春休みからよ。学外のひとってことしか知らないわ」

「恋人の写真すら見せてもらってないのか？」

「ええ。きっとのろけるのが悪いからって、非リアのあたしに気を遣ったのよ。だから『恋人いる』って言っちゃったの。そしたら根掘り葉掘り聞かれちゃって」

ただでさえ仲が良く、おまけに学校一モテるのだ。桃井がどういう男と付き合っているか、気にならないわけがない。

「最初は作り話で乗り切ってたけど……こないだ嵐ちゃんに『せーので恋人を紹介し合おう』って提案されて。みんな乗り気になっちゃって、誤魔化しきれなくなったから、オフ会を持ちかけたってわけ」

「せーので紹介すんの!?」

「やっぱり緊張する？」

「しないしない！　むしろ早いところ紹介してほしいくらいだ！」

「じゃあ、たとえば明日でもいい？」

「全然オッケーだ！」

希望が見えた！　高瀬が男とイチャつくのは見るに堪《た》えないが、これは俺に残された最後のチャンスだ。

彼氏を同時に見せ合うってことは、比較されるということ。俺のほうがいい男だとアピールできれば、高瀬はなびいてくれるかもしれない！　まだ交際二カ月、愛はさほど深まってないはず！　自由に会えない学外の男より、となりの席の俺を選ぶ可能性は充分あり得る！

「俺、ちゃんと恋人のふりするから！　そのかわり、ひとつ頼みを聞いてくれ！」

「無理な頼みを聞いてくれたんだもの。なんでも聞いてあげるから、遠慮なく言いなさい」

「俺をイケメンに生まれ変わらせてくれ！」

桃井がきょとんとした。

「顔のこと気にしてるの？　藤咲、べつにかっこ悪くはないわよ。ちょっとヤンキー入ってるけどパーツは整ってるし、かっこいい部類じゃないかしら？」

「俺が言いたいのは服装だよ」

「ああ、服装ね。いいわ、あたしに任せて！」

「サンキュな！」

オシャレな桃井なら、俺をかっこよくしてくれるはずだ。高瀬が思わず惚れてしまうようなイケてる男に生まれ変わらせてくれるはず――！

そんな期待を胸に秘め、俺たちはカラオケ店をあとにした。

◆

オシャレ男に変身するため桃井に連れてこられたのは、金浄町の複合施設横に位置する服屋だった。

海外からそのまま移転してきたような外観で、いかにもオシャレな服を取り扱ってそう。

「ここにはよく来るのか？」

「たまにね。品質は保証するわ」

少し緊張しつつ、桃井とともに入店する。

店内は高級感が漂っていた。俺ひとりだと場違いな感じがするが、セレブな桃井が一緒だと安心できる。

「参考にするから、服の好みを聞かせてくれる？」

「特にない」

「あたしが全部選んでいいの？」

「もちろんだ。てかそのつもりでお願いしたしな。桃井のファッションセンスを信じてるから、いい感じに見繕《みつくろ》ってくれ」

「わかった。ついてきて」

桃井のとなりをついて歩くと、ブラウンカラーのカーディガンを手に取った。

「じっとしててね」

桃井が俺にカーディガンをあてがってくる。そして俺の顔とカーディガンを交互に見ながら、悩ましげな顔をした。

「ん～……なんか違うわね」

「なにが違うんだ?」

「怖く見えるのを気にしてるみたいだったから、優しい印象を持たれるようにしたいんだけど……」

「できないのか?」

「できるけど、カーディガンはやめといたほうがよさそうね。絶望的に似合わないわ」

「この世にカーディガン似合わない男がいるのか?」

「それがいるのよ、目の前に。本来なら柔らかい雰囲気《ふんいき》になるはずなのに、コラ画像みたいになっちゃった」

「コラ画像て」

もう少しマシな言い方はないの?

「違う服を見てみましょ」

桃井はカーディガンを戻すと、引き続き服を見てまわり、今度はベージュカラーのシャツを手に取った。再び俺の身体《からだ》にあてがい、満足げに「うん」とうなずく。

「これならマシに見えるわ」

「マシに見えるのは嬉しいが、シャツなら持ってるぞ」

「それって何色?」

「濃紺《のうこん》と迷彩《めいさい》柄とアロハシャツ。ついでに言うとトラ柄も。それじゃだめか?」

「だめね。優しい印象にしたいんだから。ベージュだと柔らかく見えるから、これにしましょ。念のため羽織《はお》ってみて」

「はいよ。――どうだ？　柔らかく見える？」

「いい感じね」

太鼓判《たいこばん》を押され、姿見《すがたみ》を探す。見た目をチェックしてみると……なんとなく強面が薄まった気がする。自分じゃはっきりとはわからないが、桃井が言うならマシに見えるのだろう。

あとは値段だ。お手頃価格だといいのだが……。

シャツを脱ぎ、値札を確かめる。

「……桃井、やべえ」

「なにがやべえの？」

「シャツが高ぇ。一五〇〇〇円もしやがるぞ」

「べつにやばくなくない？」

さすがセレブ。俺とは価値観が違いすぎる。さっき挙げたシャツを合計しても、このシャツ一枚に届かないぞ。そもそもベージュって俺の好みの色じゃないし。

まあ買うけどさ。せっかく桃井が見繕ってくれたんだから。

「ちょっとコンビニでお金下ろしてくるから、てきとーに時間潰《つぶ》しててくれ」

「お金の心配はいらないわ。あたしが買うから」

え、奢《おご》り？

「なんで？」

「なんでって、無理を聞いてくれたお礼に決まってるじゃない」

「お礼は服選びを手伝うことだろ。奢ってもらうつもりなんかなかったぞ」

友達同士で昼飯《ひるめし》を奢ったり奢られたりするのは許容できるが、桃井とは知り合い以上・友達未満の関係だ。そんな桃井に一〇〇〇〇円以上も出させるのはさすがに気が引ける。

「金銭感覚がしっかりしてるのはいいことだけど、好意は素直に受け取りなさい」

「だからって大金を出させるのはな……」

「気にしすぎよ。だいたい、考えてみなさいよ。好きでもない相手と付き合ってるふりをするのよ？　逆の立場なら、そんなことただでお願いできる？　お礼しないと悪いでしょ」

桃井は確固たる意思で奢ろうとしている。そうすることで俺への申し訳なさが薄まるなら、素直に奢ってもらうとするか。

「わかった。ありがとな。服めっちゃ大事にするから」

「そうしてちょうだい。じゃあ次、パンツね」

「え、パンツ？　……恋人のふりって、そこまですんの？」

「は？　なに言って……っ」

きょとんとしていた桃井が、ハッと目を見開いた。雪みたいな白い肌《はだ》が赤く染まる。

「ばっ、ばっかじゃないの!?　下着を見せ合うようなこと、藤咲とするわけないじゃないっ！

パンツっていうのはズボンよズボン！」

「だったら最初からそう言えよ」

「言わなくてもパンツはパンツ＝ズボンだってことくらいわかるでしょ！」

「パンツはパンツだろ！　じゃあお前はパンツのことなんて呼んでんだよ？」

「ショーツよ！　あなたも今日からそう呼びなさい！」

「呼ばねえよ！　一生パンツで貫《つらぬ》き通すから！」

「あっそ。勝手にすれば？」

　ぷいっとそっぽを向き、桃井はさっさと歩きだす。そのあとを追いかけ、お互いにしゃべることなくズボンを見てまわる。

　責任感が強いのか、怒りながらも服選びに手を抜くつもりはない様子。真剣な目でズボンを吟味《ぎんみ》し、黒地のものを手に取った。

「黒いズボンなら持ってるぞ」

「それってテーパードパンツ？」

「普通のズボンだ」

「普通って……。穿《は》き心地はどうなの？」

「ぴちっとしてるかな」

「じゃあスキニーパンツね」

「へえ、あれってスキニーズボンって名前だったのか。それって、そのテーパードズボンとはどう違うんだ？」

「スキニーパンツは全体的に細くて、テーパードパンツは部分的に細いの。スキニーパンツのほうがオシャレには見えるけど、藤咲はがっしり体型だからテーパードパンツのほうがいいと思うわ」

「一応、ぶかっとしたズボンも持ってるが」

「ワイドパンツ？　それもトレンドではあるけど、着慣れてないとだらしなく見えちゃうわ。今回はテーパードパンツにしましょ」

「なるほどね。そういうことならテーパードズボンにするか」

「いいかげんパンツって言いなさいよ！」

「勝手にすればって言ったのはお前だろ！」

「ぜったい途中で折れると思ったのよ！　いつもならあたしに合わせてくれるのに。あなた、リアルとネトゲで全然性格違うのね」

　やべっ。素《す》で接しすぎたか？

　チャットログを見せてもらったわけじゃないので普段のやり取りは知らないけど、オフ会を断り切れなかったくらいだ。琴美はとにかくまほりんを傷つけないよう、大事に大事に扱ってきたのだろう。こんなふうに口論したことはないはずだ。

替え玉だと怪《あや》しまれてなきゃいいんだが……。

「すまん。言い過ぎた」

すぐさま謝ると、桃井はバツが悪そうな顔をする。

「べつに責めてるわけじゃ……。さっきはああ言ったけど、ネトゲはネトゲ、リアルはリアルだもの。無理してネトゲと同じように振る舞わなくてもいいわ」

「ほんとか？　……離婚するとか言わないよな？」

「しないわよ。あなたとチャットするの、本当に楽しいんだから。藤咲こそ……あたしに愛想《あいそ》尽かしてない？」

青い瞳が不安げに揺れる。琴美にとってそうであるように、桃井にとって漆黒夜叉《ダークネスダーク》はとても大切な存在なのだろう。

あの琴美にそんな友達ができたのだと思うと、兄として誇らしい気持ちになる。

「愛想を尽かすわけないだろ。リアルの関係がどうなろうと、ネトゲのなかではずっと仲良し夫婦でいようぜ」

「うん。それがいい」

桃井は嬉しそうにうなずき、ズボンの試着を促《うなが》してきた。

試着室でぴったりなことを確かめてから桃井のもとへ戻る。

「どうだった？」

「いい感じだ」

「そ。なら次は腕につけるアクセを選ぶわよ」

「アクセサリーも買うのか？　長袖《ながそで》だし、つけても見えないだろ」

「袖まくりするのよ」

「だったら半袖でよくね？」

もう五月も下旬だ。長袖だと汗《あせ》ばむ気温になってきた。ベージュの半袖シャツもあったし、そっちのほうが夏も着ることができてお得では？

「袖をまくったほうがたくましく見えるもの。優しい雰囲気なのに腕はたくましい、っていうのがギャップがあっていいのよ」

桃井がそう言うなら長袖シャツのままにするか。

「でもなー。俺、アクセサリーってつけたことないんだよ。なんつうかさ、チャラついて見えそうじゃね？」

「そうでもないわよ。派手派手《はではで》だったりジャラジャラつけてたら警戒《けいかい》するけど、シンプルなのならオシャレに見えるわ。不安なら、べつに腕時計でもいいし」

「置き時計しか持ってない」

「高校生なんだから、ひとつくらい持ってなさいよ……。あたしのあげるからこれ使って」

なんのためらいもなく白い腕時計を外す桃井。

「いいよ、くれなくて」

「男女兼用だから変な感じにはならないわよ」

「でもそれ、高いだろ？」

「そうでもないわ。二〇〇〇〇円しないくらいよ」

「充分高ぇよ……」

「遠慮しなくていいってば。――はいこれ。つけ方わかる？」

「さすがにわかるって……」

　ホワイトカラーの腕時計を装着すると、桃井の体温が残っているのか、手首がじわーと熱くなる。

「サンキュな。マジで大事にするから」

「そうしなさい。じゃ、会計しちゃうわね」

　一緒にレジへ向かい、桃井は電子マネーでお支払い。俺は紙袋を受け取ると、桃井とともに店を出る。

「マジでありがとな。おかげでかっこいい男になれそうだ」

「どういたしまして。やることやったしそろそろ解散するけど……明日の集合時間はちゃんと覚えてるわよね？」

「ああ。一三時に恋岸駅《こいぎし》集合だろ？」

今日から部活は試験休みだ。服屋に向かう道中に桃井がグループメッセージを送り、すぐに三人から返事が来た。

明日の会場は寿家。家族が出払っているらしく、ちょっとくらい騒いでもいいそうだ。

寿とは中学が一緒だが、家の場所は知らないため、桃井に案内してもらうことになっている。必要ないかもしれないが、念のため桃井とも連絡先を交換済みだ。

「ちゃんと今日買った服で来てね？」

「もちろんだ。完璧な彼氏を演じてやるよ」

「期待してるわね。……あとさ、呼び方を変えたいんだけど」

と、桃井が遠慮がちに言う。

「いままで通り、『藤咲』と『桃井』でもいいんじゃね？」

「苗字《みょうじ》で呼び合うカップルもいるでしょうけど、三人に言っちゃったのよ。名前にくん付けで呼んでるって」

「そういうことなら構わんぞ」

苗字呼びでも問題ないが、名前呼びのほうがカップルらしいしな。俺も高瀬と付き合ったら鳴海《なるみ》って呼ぶつもりだし。

「じゃあ……試しに呼んでみてもいい？」

「ああ。いまのうちに好きなだけ練習しとけ」

「……陽斗くん」

桃井は少し恥ずかしそうに俺の名を呼ぶ。なにげに女子に名前で呼ばれたのははじめてだ。そのうえ照《て》れくさそうな顔をされると、俺もちょっと恥ずかしい。

「次は陽斗くんの番よ」

「りょーかい。俺は真帆《まほ》ちゃんとでも呼べばいいのか？」

「ハニーよ」

「なぜ俺だけ外国風!?」

「あたしがイギリス出身だからよ。お互いを『ダーリン』『ハニー』って呼び合うカップルも珍《めずら》しくなかったわ」

「でもお前ダーリン呼びしてねえじゃん！」

「それにはちゃんと事情があるわ。鳴ちゃんたちになんて呼ばれてるか聞かれて、ハニーって言ったのよ。で、なんて呼んでるか聞かれたんだけど、冷静に考えると日本で『ダーリン』『ハニー』だとちょっと痛いかなと思って、急きょ名前呼びに切り替えたの」

「俺ひとりに痛さを押しつけないでくれ！」

「怒んないでよ……。それに意外とウケがよかったのよ？　鳴ちゃんとか『羨《うらや》ましい！』って言ってたわ」

「しょうがないな。ハニーって呼ぶよ」

「受け入れ早くない？」

「俺は柔軟な人間なんだよ」

「ズボン呼びは変えなかったくせに」

「それはそれ、これはこれだ」

高瀬のハートさえ射止《いと》めることができれば誰にどう思われようと構わない。いっぱいハニー呼びして高瀬を羨ましがらせてやるぜ。

「じゃあまた明日な、ハニー」

「うん。またね陽斗くん」

桃井と別れ、俺はオシャレな紙袋を手に金浄駅へと向かうのだった。

◆

翌日。休日らしい賑《にぎ》わいを見せている恋岸駅を訪れた俺は、労せず桃井を発見する。

金髪碧眼の女子などこの辺りではそうそうお目にかかれないため、人混《ひとご》みにいてもとにかく目立つのだ。

「待たせたな」

「さっき着いたところよ。ちゃんと昨日買った服を着てきたのね」

自分が選んだ服を着てきたからか、桃井はどこか誇らしげだ。

「当然だろ。ハニーが選んでくれたんだから」

「もう演技を始めてるのね。ハニー呼び恥ずかしくない？」

ハニー呼びを強制したことに申し訳なさを感じているのか、桃井は俺を気遣うように言う。

最近までは冷たい女子だと思っていたが、昨日も真剣に服を選んでくれたし、意外と優しい奴なのかもな。

「全然恥ずかしくない」

高瀬がハニー呼びを羨ましがってるって聞いたんだ。片想いが成就《じょうじゅ》した暁《あかつき》には、俺は高瀬をハニーと呼ぶ。そのときの予行練習だと思えば恥じらいなんか吹き飛んじまうよ。

「メンタル強強《つよつよ》ね。その様子だと恋人のふりも心配なさそう？」

「心配ないぞ。とにかくハニーを愛してる演技すりゃいいんだろ？」

「ええ。恋人に愛されすぎてるって設定だから、それっぽく見せるために髪を撫《な》でるくらいのことは許可するわ」

「りょーかい。んじゃそろそろ行こうぜ。寿の家は近いのか？」

「駅の裏よ」

桃井の案内で道を進み、駅の裏手の隠れ家的なカフェを訪れる。外観からして一階が店舗《てんぽ》、二階が住居になってそうだ。

「へえ、ここって寿の家だったのか」

「陽斗くんも来たことが？」

「いや、興味はあったが、何度か前を通っただけだ」

母さんはママさんバレー終わりの打ち上げで利用しているらしく、よく土産《みやげ》にコーヒー豆を買ってきてくれる。

素人《しろうと》が淹《い》れても美味《うま》いのだ。せっかくなのでプロのコーヒーを味わってみたいが、ドア窓はカーテンで目隠しされ、クローズのプレートがかけられていた。

「今日は休みか。日曜なのに珍しいな」

「日曜は定休日だそうよ。ご両親が家族と過ごす時間を大事にしたいタイプなんですって」

そう語る桃井はどこか羨ましそうだった。桃井の親は家族サービスしないタイプなのかね？

ま、俺には関係のないことだが。

「準備はいい？」

「いつでもオーケーだ」

客が間違って入らないようにクローズにしているだけで、カギは開いているらしい。桃井がドアを開き、そのあとに続いて入店する。

「おー、来たか！」

するとエプロン姿の女子が出迎えてくれた。

寿嵐である。

同じ中学出身で去年も同じクラスだったが、寿のことはバレー部員ってことしか知らない。身長一八〇センチ弱と女子にしてはデカいので、さぞかし活躍していることだろう。

「真帆が来るのを待ってたぜー……って、藤咲兄じゃねーか」

俺を見つけた寿は、申し訳なさそうに片目を瞑《つむ》る。

「わりーな。今日は店閉まってんだ。日曜以外は開いてっからそのとき来てくれ」

明らかに桃井と一緒に入店したのに、間違って入ってきたと思われた。それだけ俺と桃井が付き合うような関係には見えないってことだ。カップルだと聞けば驚くだろうな。

「コーヒー飲みに来たわけじゃねえよ」

「んだよ冷やかしか？」

「そうじゃない。俺が恋人なんだよ」

寿がほうけたように目を丸くする。

「……え、ええ⁉　恋人⁉　藤咲が⁉」

「そうだよ。だよな、ハニー？」

「うん。陽斗くん」

桃井が近づいてきたので、これ見よがしにブロンドヘアをさらりと撫でる。……こいつの髪、すげえ手触りいいな。撫で心地良すぎだろ。

「おおっ！　マジのやつじゃん！　ふたりが付き合ってるなんて気づかなかったぞ！」

「隠してたからな」

「隠すの上手すぎだろ！　謎の恋人の正体が、まさか藤咲だったとはなー！　相手の年齢すら言いたがらないから、てっきり社会人だと思ってたぞ」

「交際おめでとう」

と、小さな声とともにパシャッと音が響いた。

日当たりがいい端《はし》っこの席に、カメラを構えた女子がいた。

青樹葵である。

クールな奴で、去年一年同じクラスだったが青樹がしゃべってる姿はあまり見たことがない。

ゆえに俺は青樹のことをよく知らない。スマホじゃなくカメラだし、写真を撮るのが好きなのかね？　桃井が言うには『友達は口が堅い』らしいが……

「消せとは言わんが、写真は誰にも見せるなよ？　ハニーとは秘密の関係でいたいんだから」

「見せないわ。写真を撮るのが好きなだけよ」

「そか。ならいいんだが……撮るのが好きって、青樹は写真部なのか？」

「同好会よ。入会するなら歓迎するわ。部に昇格すれば部費が出るもの」

「入会する気はないが、気が向いたら部員を探してやるよ」

具体的には琴美だ。運動も勉強もてんでだめな琴美だが、出来映《できば》えはどうあれシャッターを切るくらいのことはできる。陽気なキャラじゃない青樹となら、琴美も接しやすかろう。

「いいひとね」

おまけにチョロい。これもう入会だけで友達認定してくれるんじゃね？　あとで琴美に提案してみるか。

さておき。ふたりに顔見せが済んだわけだが、高瀬はいないの？　それに寿と青樹の彼氏も見当たらない。

「残りの奴らはいつ来るんだ？」

「もう来る頃だ。藤咲ってコーヒー飲める系の人間か？」

「コーヒーは好きだぞ」

「おっ、いいね～。じゃー好きな豆を選んでくれ！　サービスしてやるから」

「マジで？　サンキュな！」

普通に嬉しい。さっそくショーケースに並んだコーヒー豆をチェックする。こうやって豆を選ぶのははじめてなので、地味にわくわくしてしまう。

「真帆はオレンジジュースでいいよな？」

「うん」

「せっかくだからハニーもコーヒーもらえば？」

「あたしコーヒー苦手なの」

へえそうなのか、と軽く聞き流そうとしたところ、寿が愚痴《ぐち》るように言う。

「聞いてくれよ藤咲。うちを溜《た》まり場にするくせに、真帆も葵も鳴海もコーヒー飲めねーって言うんだぜ？　こないだ鳴海がチャレンジしたけど、すぐにギブって砂糖ドバドバ入れちまうしさー。……ん？　てか付き合ってるのになんで真帆がコーヒー苦手なこと知らないんだ？」

やべ。墓穴《ぼけつ》掘った？

「違うのよ！　ただ教えてなかっただけなの。陽斗くんに、苦手なことがあるって知られたくなくて……」

おお、ナイスフォロー！　やるな桃井！

「俺はべつに気にしないけどな！　苦手なことがあるほうが可愛いし！」

「ありがとう陽斗くん！　大好き！」

「俺も愛してるぞハニー！」

身を寄せてきた桃井の髪を、再び撫でる。そんな俺たちを見て寿がニヤつき、青樹が写真を撮ってくる。

「お待たせー！」

可愛い声が響いたのは、キリマンジャロを頼み、桃井とともに青樹のテーブルに着いたときだった。

「いや〜、今日は暑いねぇ〜。私すっごい汗かいちゃった！　嵐ちゃーん、オレンジジュース頼める〜？　――って、藤咲くんじゃん」

どうしているの？　と高瀬がきょとん顔をする。

「陽斗くんがあたしの恋人だからよ」

「え、ええ⁉　藤咲くんが真帆っちの恋人だったの⁉」

「ああ。俺がハニーの恋人だ」

「すごーいっ！　ほんとにハニーって呼んでるんだねっ！　いいな〜、なんかドラマみたいで憧れちゃうよ〜」

興奮《こうふん》気味に言いながら、高瀬が俺のとなりに腰かける。

すっげえいい匂《にお》いがする！　てか私服の高瀬、マジ可愛いな。真っ白なワンピースにデニムジャケットを合わせた姿、ぜひ写真に撮らせてほしい。

「そっかそっか。お相手は藤咲くんだったかー。ちっとも気づかなかったよ。ふたりとも学校じゃ全然話さないんだもん。そんなふたりがキスしちゃってるなんてびっくり！」

「私らのことは気にしなくていいから、好きなだけキスしていいぜ！」

「ハニーを愛しちゃいるが、さすがに人前じゃしないっての」

高瀬たちがきょとんとした。

「え？　人前でもキスしてるって聞いてるけど？」

なにそれ。聞いてないんですけど？

まさかとは思うがこの場でキスする流れにはならないよな？

「そうなのよ。陽斗くんったら人目も憚《はばか》らずにキスしてくるの。ま、まあ、人前でするときは頰《ほお》キスだけどね！　ほら、いつものようにしちゃっていいわよ」

するのかよ！　そりゃここでキスすりゃ付き合ってることに真実味が出るが、誤魔化すためとはいえ普通そこまでするか……？

「いい？　ほっぺにキスよ？　いつもの癖で唇《くちびる》にしないでね？」

「ハニーがそこまで言うなら……」

みんなが興味津々《しんしん》といった様子で見守るなか、雪みたいな白い頰にキスをする。……すげえ柔らけえな、桃井の頰。髪といい、肌といい、同じ人間とは思えんぞ。

唇を遠ざけると、桃井は顔を真っ赤にしていた。

明らかに初キスのリアクションだが、三人に怪しんでいる様子はない。高瀬は目をキラキラさせ、寿はうっすらと赤らんだ頰を手で押さえ、青樹はシャッターを切っている。

心から交際を信じてもらえたようだ。これなら学校で絡まなくても、裏ではキスしていると思ってもらえる。あとは頃合いを見計らい、価値観の違いを理由に別れるだけだ。

もちろん別れを切り出すのは桃井のほうだ。桃井に未練がないとわかれば、高瀬も俺と付き合うのに罪悪感は抱かないだろう。

「甘いふたりを見てたら、甘いものが食べたくなっちゃった。嵐ちゃん、あれ出そうよ！」

高瀬に促《うなが》され、寿がカウンターの奥に引っこんだ。ややあって、俺たちのテーブルにホールケーキが運ばれる。

「今日って誰かの誕生日なのか？」

「ううん。真帆っちに恋人ができたから、そのお祝いっ！」

言われて見れば、ケーキのプレートに『真帆ちゃん、おめでとう！』と書かれている。

これ、おかしくね？

「なんでハニーだけなんだ？」

「おめでたいのは三人もでしょ？」

俺たちの問いかけに、三人は顔を見合わせた。

そして高瀬が申し訳なさそうに眉《まゆ》を下げ、

「えっとね。私に恋人がいるって……あれ、嘘なんだ」

え、それマジ？

「高瀬恋人いないの!?」

「うん。ほんとは彼氏なんてできたこともないの。騙《だま》しちゃってごめんね？」

「いいよ全然気にしないし！」

　きっと桃井と同じく見栄を張りたかったのだろう。高瀬がフリーでよかったー！

「真帆っちもごめんね？」

「謝らないで。気にしてないから」

　桃井も騙している立場だからか、責めるつもりはないようだ。

「それで、嵐ちゃんと葵ちゃんの彼氏はいつ来るの？」

「あー、それな。嘘なんだよ」

「え、嘘？　嵐ちゃんにも彼氏いないの？」

「私にもいないわ」

「葵ちゃんにも⁉」

　さすがに桃井が戸惑っている。

　そりゃそうだ。恋人を紹介する会なのに、この場の誰ひとりとして恋人がいないのだから。企画《きかく》倒れもいいところだ。

　だというのに――衝撃のカミングアウトがなされたのに、高瀬も寿も青樹もちっとも驚いていなかった。まるで最初から知っていたような態度だ。

「もしかして……三人は恋人いないこと知ってたの？」

「知ってたってか、示し合わせたんだ。恋人がいるふりをすれば、真帆が私らに遠慮しなくて済むってな」

「あたしが……遠慮？」

「真帆、一年のとき言ったろ？　私らに恋人作らないのか聞かれたとき、『恋人も欲しいけど、いまは友達と過ごす時間を大事にしたい』って。だから恋人がいることにしたんだよ」

「そしたらびっくり！　真帆っちに恋人がいたんだもん！」

「私たちに気を遣って、恋人がいないふりをしてくれたのね」

「これからは私らに遠慮しなくていいからな。そりゃずっと恋人につきっきりってのは寂《さび》しいけどさ、真帆は大事な親友なんだ。恋人と過ごす時間を優先させてやりてーよ」

つまり三人は『自分たちに恋人ができれば桃井も気兼《きが》ねなく恋人を作れる』と考え、恋人がいると嘘をついたわけか。なるほど、なるほど……。

「……ちょっといいか、ハニー？」

「ちょうどあたしも話したいと思っていたところよ、陽斗くん」

同じ考えに至《いた》ったようだ。

高瀬たちに「唇にキスしてくる」と告げ、俺たちは一度外に出る。

「おいどうなってんだ。聞いてねえぞ」

「あたしだって初耳よ。知ってたら恋人のふりしてとか頼まないわ」

「そりゃそうだろうが、どうすんだよ。あの場の全員フリーだぜ？　これもう恋人のふりする必要ないだろ」

桃井が恋人がいると見栄を張ったのは、『非リアの前でのろけるのは悪い』と気を遣われて距離を取られ、いつしか関係が疎遠《そえん》になってしまうのを怖れたからだ。

なのに全員フリーだった。もはや演技を続ける必要はない。

「だからって打ち明けられる？　あの祝福ムードのなか、『実は付き合ってるふりでしたー』なんて」

「お通夜《つや》ムードになるだろうが、そこは頑張れよ」

「あたしが言うの……？」

嫌そうな顔すんなよ。自分でまいた種《たね》だろ。

「言い出しづらいのはわかるが、こういうのは早めに打ち明けたほうが傷が浅く済むだろ」

「で、でもさ、陽斗くんのことはなんて説明したらいいの？　言っとくけど、オフ会の話題は出せないわよ？　三人にはオタクだってこと内緒なんだから」

「だったら『一番親切そうだったからお願いした』とでも説明してくれ」

「わかったわ……。ほんと振りまわして悪かったわね」

「いいって。てか頑張れよ」

「うん。頑張る……」

話がまとまり、店に戻る。

ちょうどケーキを切り分けたところだった。桃井のケーキに『真帆ちゃん、おめでとう！』プレートがちょこんと載《の》せられ、気まずそうな顔をしつつも口を開く。

「あ、あのね――」

「そうだ！　いまのうちに渡しておくね！」

桃井の言葉を遮って、高瀬がカバンからラッピングされた箱を取り出す。

「これ、なに？」

「開けてみてっ！」

桃井が不安そうにラッピングを解くと、入浴剤が入っていた。

「ど、どうして入浴剤を？」

「お祝いだよっ！　大親友に彼氏ができたんだもん！　奮発《ふんぱつ》していいの買っちゃった～！」

「そ、そうなんだ。ありがとね。だ、だけど実は――」

「私からはフォトアルバムを贈らせてもらうわ」

「葵ちゃんまで……これ、すごく大容量だね……」

「六〇〇枚収録できるもの。彼との思い出をたくさん残してくれると嬉しいわ」

「あ、ありがと。だけどね、実を言うと――」

「私からはティーセットだ！」

打ち合わせていたのだろう。流れるような祝福ラッシュに、心が折れる音が聞こえた。言い出しづらさに拍車《はくしゃ》がかかり、桃井はもう泣きそうだ。

　寿たちが心配そうに桃井の顔を覗きこむ。

「……あんまり嬉しくねーか？　一応、真帆が好きそうなのを選んだんだが……」

「薔薇《ばら》の香りの入浴剤、好きじゃなかった？」

「デジタルフォト派だったかしら……？」

　三人に不安げな顔を見せられ、桃井は慌てて首を振る。

「そんなことない！　そんなことないわ！　親友が心をこめて選んでくれたのよ？　嬉しいに決まってるじゃないっ！　あたしもう泣いちゃいそう！」

　祝福ムードに屈したようだ。頑張ってほしかったが、気持ちはわかるので文句は言えない。

　こうなりゃ俺が言うしか……。

「それにしてもよかったよ。真帆っちの相手が藤咲くんで」

「俺でよかった？」

「うん。藤咲くんはまじめだもん」

「しかも妹持ちだしな。女子に変な幻想持ってないだろ。それに中学のときから知ってるけど、見た目と違って女子を泣かすような奴じゃねーしな」

「藤咲なら桃を守ってくれそう」

「だねっ。藤咲くんになら安心して真帆っちを任せられるよ！　私の大親友のこと、ぜったい幸せにしてあげてねっ！」

俺も言えなくなっちゃった。

メンタルの強さには自信があるが、この祝福ムードをぶち壊す勇気はない。

こうなったら当初の予定通りにするしかないか……。高瀬に恋人がいないこともわかったし、急いでフリーだとアピールする必要もなくなったしな。

キリマンジャロコーヒーを飲みながら、俺はそう自分を納得させるのだった。

第三幕　妹のネトゲ嫁が家に来た

五月下旬の土曜日。

その日の夜。中間試験が明後日《あさって》に迫り、俺は追い込みをかけていた。日頃からこつこつ復習していたおかげで問題集は楽勝だ。試験範囲の全問題が既知《きち》に見える。

当然油断は禁物だが、この調子なら平均九〇点は確実だ。初のトップテン入り間違いなし。

目指すはクラス一位である。

「これで高瀬《たかせ》との勉強会に持ちこめりゃ御《おん》の字《じ》だが……」

学校じゃ高瀬とはあまり話せない。となりの席なので挨拶《あいさつ》くらいはするが、すぐに桃井《ももい》が『ジュース買いに行こ』だの『トイレに行こ』だの高瀬を連れ去ってしまうのだ。

当然桃井は俺に絡《から》んでこない。高瀬も無理に俺と桃井を話させようとはしなかった。交際を秘密にしたいという俺たちの意思を尊重し、いままで通りに過ごさせてくれている。

気を遣《つか》ってくれるのはありがたい。ありがたいけど、『学校じゃ絡めない分、休日は恋人とふたりきりで過ごさせてやろう』的な気は遣わなくていい。むしろ俺はこないだみたいにまた高瀬と休日を過ごしたい。

高瀬はバスケ部員だ。休日も部活があるが、うちの学校は文武両道。勉強が疎《おろそ》かにならないように、校則で練習は午前か午後のどちらか一方にするように定められている。

なので休日は『友達と恋人と過ごす時間を両立したい』という名目で俺も遊び仲間に入れてほしいが、桃井に拒否られてしまった。桃井いわく『友達が部活してる時間に恋人と過ごしたことにする』という理由を引っさげ、俺を交えずに友達と遊ぶそうだ。

要するに、表向きはいままでと変わらない。

つまり高瀬と付き合うには、これまで通りの努力が必要なのだ。

「マジ頑張ろ」

決意を新たに、引き続き問題集を解いていく。


『ハルにぃ、起きてる？』

ノック音とともに琴美《ことみ》の呼び声が聞こえたのは、そろそろ二二時に差しかかる頃だった。

起きてるぞー、とドア越しに返事をすると、琴美が泣きそうな顔で入室する。

この顔を見るのは今月に入って三度目だ。さすがに嫌でも理解できる。

「まほりん絡みか？」

「まほりん絡み……」

「またオフ会か？」

「ううん。違うよ」

新しいパターンだな。涙目で助けてほしそうに俺を見てるし、てっきりオフ会に誘われたのだと思っていた。

「なにがあった？」

「私、まほりんに嫌われちゃったかも……」

「ん？　嫌われたってのはどういう意味だ？」

「そのままの意味だよ……。最近、まほりんが全然ログインしてくれないの。知らないうちに破局しちゃったのかな……」

琴美は離婚したかもと考えているようだ。

現実では離婚届なしに関係を終わらせることはできないが、ネトゲはログインしなきゃいいだけだ。新しいアカウントを作れば、元旦那《だんな》に身バレせずに再婚できる。

しかし。

「そんなわけないだろ」

俺はきっぱりと告げた。

桃井は友達と過ごす時間と同じくらい、琴美との時間を大事にしていた。

チャットログは見たことないが、コラボカフェでもカラオケでもあんなに楽しそうにオタクトークしてたんだ。唯一《ゆいいつ》のオタク友達と過ごす時間を、自《みずか》らの意思で手放すとは思えない。

もちろん、俺が嫌われるようなことをしたわけじゃない。カフェでも恋人として上手《うま》く振る舞えたし、学校でも馴《な》れ馴《な》れしくはしていない。すべて桃井の望み通りに動いている。

強《し》いてログインを避ける理由を挙げるなら、『気まずさ』だろう。頬《ほお》とはいえキスしたのだ。

あれは明らかにファーストキスのリアクションだった。対面会話はもとより、チャットですら俺と関《かか》わるのが恥《は》ずかしくなったのかもしれない。

とはいえ、頬にキスしたあともカフェでは普通に話せていたわけで。結論としては、離婚はないと断言できる。

つまり――

「ただ単に忙しいだけだろ。たとえば勉強してるとか」

「まほりんって学生なの？」

「わからん。若くは見えたが、年齢は聞いてないから」

まほりんの情報は伏せている。琴美には『女性だった』としか伝えていない。

「ただ、大学生にしろ、社会人にしろ、勉強はするものだろ。大学生なら当然試験があるし、社会人でも資格試験とかあるだろ。むしろ、いままでに数日間ログインしなかったことはないのか？」

中学の頃はタイミングが別々だったかもだが、同じ高校に通ってからは試験のタイミングは被《かぶ》っている。試験期間中に数日間ログインしなかったことくらいあるのでは？

「結婚してから、どんなに間《ま》が空《あ》いても三日に一回はチャットしてるよ。なのに日曜の夜からログインしないの」

日曜の夜……友達に俺を紹介した日だな。

無事に恋人がいると誤魔化《ごまか》すことができたんだ。オタクトークを楽しんでいたが、わざわざログインせずとも俺としゃべることはできる。ネトゲに入り浸《びた》る理由がなくなってしまったのかもしれないが……やはり一番可能性が高い理由は、試験勉強で忙しいことだ。

中間試験は三日間なので、早ければ水曜日にはログインするはず。

「とりあえず勉強したらどうだ？　試験が終わる頃には、ひょっこり戻ってくるかもだぞ」

「集中できないよ……」

不安で勉強どころじゃないらしい。

困ったな。ただでさえ成績が悪い琴美がこれ以上点を落とすと赤点だぞ。

追試と追追試という救済措置《そち》はあるが、それすらだめなら留年だ。

人見知りの琴美が下級生のクラスに放りこまれる……。考えただけで胸が潰《つぶ》れそうだぜ。

「わかった。俺がまほりんに電話で聞いてやる。だから琴美は安心して勉強しろ。もし追試になったら勉強でゲームどころじゃなくなるし、そしたら今度はまほりんが寂《さび》しがるぞ」

「うん！　そうする！　ありがとハルにぃ！」

俺ならなんとかしてくれると信じているのか、琴美は安心した様子で部屋を出ていった。

妹の信頼を裏切らないためにも、さっそく桃井に連絡しないとな。

桃井に電話をかけると、すぐさま応答があった。

『どうしたの？』

「最近ログインしないから、心配して電話したんだよ」

『あー、それね。試験勉強で忙しいのよ』

やっぱりそれかー。琴美の口ぶり的にいままでは試験期間中もチャットしていたようだが、二年になって初の試験だしな。早い奴《やつ》なら受験を意識し始めるタイミングでもあるし、勉強に集中することにしたわけだ。

「んじゃ次のログインは試験終わり？」

『ええ。水曜の夜にログインするわ。録《と》り溜《た》めてるアニメ見たいし、あんまり長居はできないけどね。陽斗《はると》くんはもう見た？』

「アニメの話はチャットでしようぜ。じゃないと長話になっちまう」

『そうね。チャットできるのを楽しみに――』

『真帆《まほ》っち次お風呂いいよ～！』

可愛《かわい》い声が乱入してきた。

こんなに可愛い声は高瀬しかいない！

試験勉強って高瀬としてんの？　俺も混ぜて！

『ん？　真帆っち電話してるの？　あっ、ひょっとして藤咲《ふじさき》くん!?』

『そ、そうなのよ。陽斗くんてば「ハニーの声を聞かなきゃ眠れない」って言うの』

『そっかー。なんか可愛いねっ。邪魔しちゃ悪いから私は廊下に出てよっか？』

『気を遣わないで。陽斗くんもあたしの声が聞けて満足したみたいだから。そうよね？』

「いやまだだ。スピーカーモードにしてビデオ通話しようぜ」

『え、どうして？』

「恋人っぽさを見せつけたいからだ」

付き合っている真実味が増すし、高瀬のパジャマ姿を拝《おが》むことができる。まさに一石《いっせき》二鳥《にちょう》の作戦だ。

『そう。そんなにあたしの顔が見たいんだ。ほんとあたしのこと愛しすぎね』

俺の提案に納得したのか、桃井は聞こえよがしにそう言うと、パッと画面が切り替わる。

これから入浴するって話だが、桃井の髪は風呂上がりのようにサラサラしていた。そして、煌《きら》めくようなブロンドヘアの向こうには、パジャマ姿の天使が見えた。

くれねえかな。

『やっほー藤咲くん』

「やっほー高瀬。ハニーと勉強してたんだってな」

『うん。月曜から私の家に泊まりこみで勉強教えてもらってるんだ～』

「月曜から？　そりゃすげえな」

面倒見《めんどうみ》良すぎだろ。桃井ってマジで友達大事にするタイプなんだな。俺の妹とも仲良くしてくれねえかな。

『真帆っちは優しいからね～。もう追追試はこりごりだよ～って弱音を吐いたら教えてくれることになったの』

高瀬は三学期の期末テストで二科目赤点になり、そのうち一科目が追追試に持ち越されたと小耳に挟《はさ》んでいる。

「勉強は順調なのか？」

『賢《かしこ》くなった気がするよ。特に英語の成長が凄《すさ》まじい！』

桃井は帰国子女だ。英語はお手の物なのだろう。

『みっちり教えたから英語は心配いらないけど、問題は古典よね。あたしだって苦手なのに。前回の期末テストじゃ五〇点切っちゃったし……』

『だいじょうぶ！　私は前回三二点だったから！』

がっつり赤点だ。全然だいじょうぶじゃない。好きな女子に『藤咲先輩』って呼ばれるのも憧《あこが》れるが、やっぱ一緒に卒業してえよ。

『藤咲くんは古典どれくらいだった？』

「前回の期末は九四点だったぞ」

『え、すごくない!?　じゃあさじゃあさ、私と真帆っちに教えてよ！』

「俺が!?」

『あ、忙しかった？』

残念そうな顔をされ、俺は首がねじ切れんばかりに首を振る。

「全然！　俺でよければ教えるぞ！」

俺がどれだけ高瀬との勉強会を夢見てきたと思ってんだ。これで高瀬が赤点を回避すれば、次回からも試験のたびに頼ってもらえるかもしれない。この機を逃すものか！

『無理しなくていいのよ？』

桃井はなんだか嫌そうな顔だ。気持ちはわかる。俺が行けば恋人として振る舞わなきゃいけなくなるし。俺だって好きな女子の前で桃井とイチャつくのは恥ずかしい。

それでも高瀬の家に行けるのだ。

高瀬の部屋に入れるのだ。

たとえ台風が来ようと竜巻《たつまき》が来ようと必ず訪問してみせる！

「ぜったい行く。ハニーと過ごしたいから」

『ほんとラブラブだね～。私は大歓迎だよっ。もちろん真帆っちもだよねっ？　だって恋人が会いたがってるんだもん！』

『そ、そうね。陽斗くんは鳴《なる》ちゃんの家の場所知ってる？』

「知らない。ハニーが最寄《もよ》り駅まで迎えに来てくれ」

『いいわ。じゃあ愛田《あいだ》駅に一〇時集合でどう？』

了解、と告げて通話を切る。

そして琴美に「水曜の夜にログインするってさ」と伝えて安心させると、寝坊しないように早めに就寝するのだった。

◆

翌日、日曜日。

待ち合わせの五分前、桃井が愛田駅前にやってきた。俺が目立つのか、駅前に賑《にぎ》わいがないからか、桃井はすぐに俺を見つけてくれた。

「今日は早いのね」

「いつも待たせる側なのは悪いからな。ここへは徒歩で？」

「ええ。タクシー使うほどの距離じゃないし」

「そか。喉渇《のどかわ》いてるならジュース奢《おご》るぞ」

「いらないわ」

「コンビニでアイス買ってもいいが」

「いらないってば。ていうか妙に優しくない？　怒られるような隠し事でもあるわけ？」

「隠し事ってか反省してんだよ。俺のせいでまた恋人ごっこするはめになったから」

　昨日はこの機を逃すまいと俺の恋心を優先したが、一晩経《た》って気分が落ち着いたところで、罪悪感が湧《わ》いてきた。

　桃井はもう目的を果たしている——恋人の紹介を済ませ、友達を誤魔化すことができたのに、またイチャつくことになってしまったのだ。てっきり怒られると思っていたし、俺のほうこそ『妙に優しくない？』と言いたい気分だ。

「たしかに昨日は『なに考えてんの？』って思ったけど、そもそもの原因はあたしが恋人いるって嘘《うそ》ついたせいなんだから、あなたを責める気はないわ。むしろお礼を言いたいくらいよ」

「お礼？　俺とイチャつきたかったのか？」

「違くて。昨日も言ったけど、あたし本当に古典が苦手なの」

「そりゃしょうがねえよ。中学に入るまでは外国暮らしだったんだろ？」

「イギリスにね。パパが日本人だったから日本語に馴染《なじ》みがないわけじゃないけど、基本的にあっちでは英語で話してたわ」

「だったら逆にすげえじゃん。日本語ぺらぺらしゃべれるようになるって、マジで努力したんだな」

桃井は照《て》れくさそうにはにかんだ。

「言葉が通じないと友達できないかもって思ったし。でも努力ってほどじゃないわ。アニメを見てたら自然と言葉を覚えたのよ。まだわからない言葉もあるし、古典だけじゃなく現代文も苦手なんだけどね」

「でも赤点取るほどじゃないんだろ？　中学から日本語始めたのにそれはすげえよ」

素直に褒《ほ》めると、桃井がじっとりとした眼差《まなざ》しで、

「さっきから妙に褒めるわね。まだあたしに怒られるかもって思ってるわけ？」

「純粋に感心してんだよ」

「あ、そうなんだ。あなた、意外と性格いいのね」

「意外とはよけいだ」

そう言いたくなる気持ちは理解できるが。

服屋でも『リアルとネトゲで全然性格が違う』と指摘《してき》されたくらいだ。最近まで桃井は男に冷たい嫌な奴だと思っていたので、こっちもオタクトークのとき以外は素《す》で接していた。妹のために嫌われそうな言動は避けていたが、優しくしようとは思わなかった。

だが、桃井は嫌な奴じゃなかった。

学校じゃ相変わらず男に冷たいが、暴言を吐いているわけではなく、友達に対してはマジで優しい。高瀬たちに慕《した》われるのも納得だ。そんな女子に冷たい態度を取ろうとは思えない。

「ま、苦手とはいえ赤点を取るほどじゃないし、あたしひとりならなんとかなるけど……ただ、さすがに教えられるレベルではないから。だから、感謝するわ。おかげで鳴ちゃんが赤点回避できるもの」

恋人ごっこの恥ずかしさより、高瀬の成績を優先したわけか。ほんと友達思いだな。

桃井が琴美の友達になってくれれば兄として安心なのだが……琴美の奴、ギャル系の女子が苦手だからなぁ。

地味系女子の青樹《あおき》とすら一緒に過ごすのが緊張するようで、けっきょく写真同好会への入会は断られたし。

「期待に添えるよう頑張るよ。で、高瀬の家は近いのか？」

「歩いて五分くらいね」

こっちよ、と歩きだした桃井を追いかけ、閑静《かんせい》な住宅街へ。

「そういや高瀬の家族は家にいるのか？」

「今日は晴れてるからドライブに出かけたわ。夕方には帰ってくるそうよ。どうして？」

「急に男が来たらびっくりさせるかもと思ってさ」

「娘の恋人が来たって？　事情を説明すれば誤解されないし、むしろ感謝されるわ。あたしも

『娘に勉強教えてくれてありがとう』ってものすごく感謝されたもの」

「ならいいが」

それでもできれば高瀬の親には会いたくない。桃井と仲良くしている姿を見られたら、付き合っていると思われかねないから。

俺はゆくゆくは高瀬の彼氏になりたいのだ。女を取っ替え引っ替えする奴だと思われるのは避けたいところ。夕方に帰宅するのなら、その前に帰るとするか。

「着いたわ」

と、桃井が立ち止まる。普通の一軒家だが、俺の目にはお姫様が住んでいる城に見えた。

桃井に続いて家に上がり、ドキドキしつつ二階へ向かう。そしていよいよ高瀬の部屋へ——

「ただいまー」

「邪魔するぞ」

白を基調としたシンプルな部屋だ。コルクボードには幼《おさな》い頃から現在に至《いた》るまでの写真が。

学習机には後輩からと思《おぼ》しき寄せ書き色紙が。天井近くにはミニサイズのバスケットゴールが。

テーブルには勉強道具が広がっている。

そして部屋の中央には天使がいた。

「いらっしゃい藤咲くん！　座って座って！」

高瀬に笑顔で促《うなが》され、座布団《ざぶとん》にお尻《しり》を落ち着ける。

すげえ。俺いま好きな女子の部屋にいるんだ……。

ニヤけそうになる俺の向かいに高瀬が座り、そのとなりに桃井が座る。

「あれ？　真帆っちそこ座るの？」

「え？　あ、ああ、いつもの癖《くせ》でつい。陽斗くん、となり座ってもいい？」

うなずこうとしたところ、高瀬がにこやかな笑みを浮かべ、

「私に遠慮しなくていいんだよ。真帆っち、恋人の膝《ひざ》の上がお気に入りって言ってたもんね」

桃井がきょどる。

「あ、ああー、そんなことも話したっけ。で、でもほら、イチャイチャされたら鳴ちゃん落ち着けないいんじゃない？」

「全然！　むしろ遠慮されるほうが嫌だよ」

「そ、そう。じゃ、じゃあ、陽斗くんの膝に座ってもいい……？」

「お、おう。いつもみたいに座っていいぞ」

「そ、それじゃ一瞬だけ……」

桃井がおっかなびっくり俺の太ももに座る。

こ、こいつのお尻、柔らかすぎだろ……。おまけに金髪が間近《まぢか》に迫り、シャンプーの香りがまとわりついてくる。服越しに肌《はだ》の柔らかさと体温が感じられ、さすがにドキドキしてしまう。

「ど、どう？　重くない？」

「重くはないが……」

　恥ずかしいからやめようぜ、という言外のメッセージを受け取ってくれたのか、桃井は腰を浮かそうとするが――

「藤咲くんって、いつもその状態でハグしてるんだよね？」

　なん、だと……？

「お、おいおいハニー。そんなことまで話したのか？」

「ご、ごめんね陽斗くん。ついのろけたくなっちゃって」

「べつにいいけど、さすがにハグを見せるのは恥ずかしいよな？」

「そ、そうね。だけどここまで見せたんだから、一瞬だけしてもいいわよ」

　いいのかよ！　毒を食らわば皿までってか？

　たしかに最初にカップルらしい振る舞いを見せつけてやれば、そのあとはイチャイチャ控《ひか》え目でも怪《あや》しまれることはないだろう。

　桃井が覚悟を決めたんだ。背中とはいえ抱きしめるのはチークキスより恥ずかしいが、付き合ってやらねば。

「じゃあ一瞬だけ……」

　緊張感を出さないように慣れてる感じで腕をまわし、桃井の背中に密着する。華奢《きゃしゃ》な身体《からだ》は俺の腕にすっぽり収まった。胸に触れないように気をつけたのに、デカすぎるからか柔らかく弾力のある感触が訪れる。俺の腕、桃井の胸に乗っちゃってるよ……。

表情は窺《うかが》えないが、桃井の耳は赤らんでいた。ハグを促した高瀬ですらも、クラスメイトのハグを見て、うっすらと頬を紅潮《こうちょう》させている。

「うわ～、ラブラブだー……恋人同士ってこういうことするんだね」

「ほかのカップルは知らないけど、あたしたちはよくしてるわね。でもさすがに勉強のときはしないわ」

「だな。勉強のときは普通に座ってるもんな」

「ね。今日の目的は勉強なんだから普通に座りましょ」

口早にそう言って、桃井が俺のとなりに移動した。

身体が離れたのに、まだ桃井の匂《にお》いが残っている。

まだ心臓がドキドキしているが、桃井の言う通り目的は勉強だ。高瀬を留年させないため、教えるのに集中しなければ。

気を取りなおした俺は、カバンからプリントを取り出すとふたりに渡した。

「これは？」

「自作の問題集だ。それをマスターすれば、とりあえず赤点は回避できるぞ」

「わざわざ作ってくれたの？」

「早く目が覚めてな」

今日は楽しみすぎて五時に目覚めた。古典の教師は一年のときと同じだ。出題傾向は知っているので、テストに出そうな問題をまとめてみたのだ。

「藤咲くんって優しいんだね」

「ほんとありがとね、陽斗くん。これすごく助かるわ」

「いいって。じゃあさっそく解いてくれ。とりあえず時間は四五分で」

アラームをセットすると、ふたりは真剣な顔で問題を解き始めた。そのあいだに俺は数学の復習をすることにしたが……

桃井の感触が忘れられず、全然集中できなかった。

◆

それから。

自作問題集の採点が終わり、解説したあとに類似《るいじ》の問題を解かせ、再び解説を終える頃には二時間が過ぎていた。

もう昼飯《ひるめし》時だ。せっかく高瀬の家にいるんだ、できれば手料理を味わいたい。

「そういや昼飯ってどうするんだ？」

「出前でもいいけど、やっぱり藤咲くんは真帆っちの手料理がいいよね？」

「え、あたしの手料理？」

「うんっ。藤咲くんも食べたいよねっ？」

マズい。桃井の手料理を食べる流れだ。高瀬の手料理を食べる流れに誘導しないと。

「ハニーの手料理も食べたいけど、台所事情がわからないだろ？　高瀬が作ったほうがいいんじゃないか？」

「そうよ。ぜったいそうしたほうがいいわ」

「でもなぁー。私って料理あんまり得意じゃないんだよねー。ちなみに藤咲くん、どれくらいお腹空《なかす》いてる？」

「餓死《がし》寸前だ」

いっぱい作ってほしいので、オーバーに告げてみた。

「じゃー料理は私と真帆っちのふたりでするよ。協力したほうがいっぱい作れるもんっ」

「お金は出すから出前にしない？」

桃井は自炊《じすい》したくなさそうだ。料理する時間が惜《お》しいのだろうが、二対一で自炊派の勝ち。勉強ならあとでまた教えてやるから、おとなしく引き下がってくれ。

「気晴らしに作ろうよっ」

「でもあたし……ほら、知ってるでしょ？」

なぜか俺をチラ見する桃井に、高瀬がにこっと笑いかける。

「だいじょうぶだからっ。藤咲くんは好きにしてていいからねっ！　ほら行こ！」

勉強を続けたいのか、桃井は気乗りしない様子ながらも、高瀬に手を引かれて部屋を出た。

「……」

そして部屋にひとり取り残される俺。好きにしてていいとは言われたが、本当に好き勝手に動きまわるわけにはいかない。下手に部屋のものに触れれば変態野郎の烙印《らくいん》を押されてしまう。おとなしく勉強するとしよう。

俺は数学の問題集を解いていく。

『もう下りてきていいよー！』

階下から高瀬の声がしたのは、一時間ほど過ぎた頃だった。料理が苦手と言うだけあって、けっこう時間かかったな。

一階に下りて匂いのするほうへ向かうと、ダイニングに行きついた。

四人掛けの食卓には、ナポリタンとチャーハンがあった。各自小皿に取り分けるスタイルで食事をするらしい。

出来映《できば》え的に、協力して二品作ったのではなく、各自一品ずつ作ったようだ。

どっちがどっちを作ったのかは、言われなくても一目瞭然《いちもくりょうぜん》だ。ナポリタンに特筆すべき点はないが、チャーハンは見るからにべちゃっとしている。具材の野菜もぶつ切りで、火が通っているかも怪しい。

いかにも料理下手が作りそうな飯……これが高瀬の手料理か。

ほんとに料理が苦手なんだな。なのに一生懸命作ってくれるなんて……嬉《うれ》しすぎるぜ。

「めっちゃ美味《うま》そうだな！　もう食べていい!?」

「どーぞどーぞ。好きなだけ食べちゃって」

「そうさせてもらうぜ！」

さっそくチャーハンを皿に盛ると、桃井が顔を曇《くも》らせた。

そんな顔するなよ。美味《おい》しくなさそうだからナポリタンを後回しにしたわけじゃないから。

あとで美味しくいただくから。

「いただきます！」

手を合わせ、口いっぱいにチャーハンを頬張《ほおば》る。

「んぐっ!?」

なんだこれ!?　ほんとにチャーハンか!?　塩コショウ醤油《しょうゆ》の味が全然しないぞ!?　それだけじゃねえ。米は見た目以上にべちゃべちゃだし、ニンジンは硬《かた》くガリッとした歯ごたえだし、厚切りのせいでピーマンの苦みが生き生きしてるぞ！

腹を壊してしまいそうだ。本能が『これ以上食べるな』と警告している。

しかし夢にまで見た高瀬の手料理だ。残すなんてもったいない。ていうか残せるわけがない。高瀬が傷つく顔なんてたとえ夢でも見たくない！　これが高瀬の手料理なら、俺は受け入れてやるぜ！

「どう？　チャーハン美味しい？」

「美味すぎるだろこれ！」

「そっかそっかー。好きなだけ食べていいからねっ」

「じゃ、じゃあ全部食っちまうぞ！」

そんなことしたら確実に腹がぶっ壊れるが、高瀬を喜ばせるためだ。脂汗《あぶらあせ》を滲《にじ》ませながら、べちゃべちゃチャーハンをがつがつ食べる。

「う、うめー！　マジうめー！」

「そ、そんなに美味しいの？」

「いままで食べてきたもののなかでダントツだぜ！　マジで毎日食いたいくらいだ！　あー、美味い美味い！」

高瀬と桃井がナポリタンを食べるなか、俺は山盛りのチャーハンをすべてひとりで平らげた。さすがに腹がいっぱいだが、桃井のためにナポリタンも食わないと。

ナポリタンは一人前も残ってなかったので、大皿のまま食べることに。口に運ぶと、優しいケチャップの味がした。

「ごちそうさま。あー、美味かった！」

「藤咲くん、いっぱい食べてたね。チャーハンとナポリタン、どっちが美味しかった？」

「チャーハンだ」

　俺は即答した。付き合っていることになってるし、ここは桃井の手料理を褒めたほうがいいかもだが、どっちがどっちを作ったのかは発表されていないのだ。ナポリタンを褒めなくても問題あるまい。

　なによりせっかくの好感度を稼《かせ》ぐチャンスだ。高瀬の手料理を選ばないわけにはいかない。

　上手いこと好感度を稼げたのか、高瀬は嬉しそうな笑みを浮かべ――


「さすがカップルだねっ！」


　……え、カップル？

　もしやと思って桃井の顔色を窺うと、照れくさそうにはにかみ、毛先を指でいじっていた。

「そ、そんなにあたしの手料理が気に入ったんだ……」

「……ハニーの？」

「うん。あたし料理すっごい苦手だし、今日だってチャーハン美味しく作れなかったのに……なのに、あんなに美味しそうに食べてくれるなんて思わなかった」

「だから言ったじゃんっ。藤咲くんだったら真帆っちの料理を気に入ってくれるって。だって彼氏なんだから！」

それじゃなにか？　このチャーハン桃井が作ったの？　じゃあこっちのナポリタンは高瀬が作ったの!?

なんてこった……。まさか桃井がメシマズだったとは！　べつに桃井が料理得意とも思ってなかったが、高瀬が料理得意じゃないって言うから勘違《かんちが》いしちまった……。まさか謙遜《けんそん》だったとは。

「悪かったな高瀬、ナポリタンあんまり食えなくて。普通に美味かったぞ」

「いいっていいって。むしろチャーハン食べてくれてよかったよ。真帆っち、前から料理苦手なの気にしてたから。だから藤咲くんが美味しそうに食べてくれて嬉しかったよ！」

桃井はもちろん、高瀬も友達の料理を褒めてもらえて嬉しそうだ。ふたりを喜ばせることができたし、これはこれで良しとするか。

「ところでトイレどこ？」

「あっちだよ」

もう腹が限界だ。トイレに駆けこみ、ダイニングに戻ったときには片づけが終わっていた。

「悪いな。食うだけになっちまって」

「気にしないで。勉強教えてくれたお礼だよ。じゃー、そろそろ解散しよっか？」

「え、もう？」

「藤咲くんのおかげで赤点は回避できそうだしっ。真帆っちもだけど、ずっと私につきっきりなのは悪いからね」

「俺のことは気にしなくていいぞ。どうせ家に帰ってものんびりするだけだし」

「でも悪いよ。真帆っちも月曜からありがとね？　私、いままでで一番いい点取るから！」

「うん。頑張ってね」

解散する流れになってしまった。

もうちょい高瀬の家に留まりたいが、長居しすぎると家族と鉢合《はちあ》わせてしまうしな……。

「また学校でね～」

勉強道具を回収すると、高瀬に見送られるなか、俺と桃井は外に出た。

とりあえず愛田駅を目指して歩いていると、桃井がおずおずと話しかけてくる。

「ねえ、さっきの話ってほんと？」

「さっきの？」

「家に帰ってものんびりするだけって話」

「そのつもりだ」

まだお腹は本調子じゃない。しばらくベッドでのんびりして、夜になったら軽く勉強して、今日は早めに寝るとしよう。

「じゃあさ、これから陽斗くん家《ち》に行っていい？」

「俺の家に？　勉強すんの？」

「ううん。以前話してた『メゾン・ド・ナイト』のOVAを見せてほしくて」

な、なにそれ？　メゾン・ド・ナイト？　OVAってことはアニメであってる？

「あ、ああ、メゾン・ド・ナイトなー。自分のは持ってないんだっけ？」

「持ってないわよ。むしろあなたが持ってることにびっくりよ。売りに出されれば即買うけど、生産数が少ないうえに誰も手放さないんだから。べつに今日じゃなくてもいいけど、せっかく一緒にいるし、気晴らしに見たいの」

「そんなに見たいならいいけど……」

リスクがないとは言えないが、一緒にアニメを見るだけなら替え玉だとはバレないはずだ。感想パートになっても、一緒に見たアニメなら語ることはできる。

なにより桃井が家に来てくれるのはチャンスだ。上手いこと琴美を鑑賞会に参加させれば、友達になってくれるかも。

ただ、ひとつだけ気になることが。

「俺の家に来ることに抵抗はないのか？」

「どうして？」

「だってさ、お前って男嫌いだろ？」

アニメを見るために無理してるなら、琴美に頼んでメゾン・ド・ナイトを貸してやる。琴美との仲が遠のいてしまうが、ひとりで見てもらったほうが替え玉バレのリスクは減るしな。

「べつに男嫌いじゃないわ」

「嘘だろ？　男嫌いじゃないなら、なんで男に冷たくするんだ？」

「それはあたしが可愛いからよ」

いきなり自慢が始まった。

「可愛いから、男に冷たくするのか……？」

「そうよ――って言っちゃうと語弊《ごへい》があるわね。ほら、陽斗くんは特殊だけど、普通男子って可愛い女子に優しくされたら好きになっちゃうでしょ？」

「まあな」

ほかならぬ俺も可愛い女子に笑顔で話しかけられて好きになった口だ。

もし順番が違ったら――高瀬ではなく桃井に優しくされていたら、そっちに惚《ほ》れていたかもしれない。

「だから冷たく接するように心がけてるのよ。中学のときみたいに優しくしたら、勘違いした男子に告白されちゃうから」

「そんなの断ればいいだけだろ」

「ひとりふたりならそれでもいいけど、ナンパと違って雑にあしらうわけにはいかないし……

それに、大勢から告白されると女子に嫉妬《しっと》されるのよ。ファンクラブがあるような男を振ったときなんか特にね」

桃井は憂鬱《ゆううつ》そうに言った。楽しい話ではなさそうなので詳細《しょうさい》は聞かないが、なにが起きたのかは察することができた。

軽いか重いかはわからないが、桃井は嫉妬した女子に苛《いじ》められていたのだ。だから高校では同じことが起きないように――楽しい学校生活を送れるように、自衛として男に冷たい態度を取っているのだろう。

「悪かったな。事情も知らずに冷たい奴とか思ってて」

「いいわよ。そう思ってもらわないと困るし。これからも学校での態度は変えないけど、気にしないでね？　あなたのこと嫌いじゃないし。ていうか、嫌いな男子とかいないし」

男が聞けば泣いて喜びそうだ。それを知れば告白する奴も出るだろうから、俺以外の男子がいまの台詞《せりふ》を聞くことはないわけだが。

「まあ、嫌いじゃないからって男子の家に行くのは抵抗あるけどね」

「なのにうちに来るのか？」

「友達の家はべつよ」

「友達？」

「あたしはそう思ってるわ。陽斗くんは……違うの？」

桃井は不安そうに青い瞳《ひとみ》を揺らす。

だからってわけじゃないが、俺は首を振った。

「違わないよ。俺たちは友達だ」

こないだまでは桃井を嫌な奴だと思っていたが、いまは違う。友達だと言われ、迷わず受け入れることができるくらいには、桃井のことを気に入っている。

琴美もそう思ってくれるといいのだが……。

◆

一五時に差しかかる頃、俺は桃井を連れて家に帰りついた。このまま家に入れてやりたいが、まずは琴美を説得するための時間稼ぎをしないとな。

「部屋片づけるから待っててくれ」

「散らかってても気にしないわよ？」

「散らかった部屋に女子を入れたくないんだよ。転んで怪我《けが》でもしたら大変だろ」

「そんなドジじゃないわよ。ま、心配してくれるのは嬉しいけど。そういうことなら待ってるから、早く片づけちゃって」

「悪いな。すぐ済ませるから。ここ暑いし、車庫で待っててくれてもいいぞ」

「あら、優しいのね。そうさせてもらうわ」

車庫に桃井を待たせて家に入ると、家のなかは静まり返っていた。

父さんたちは朝から婆《ばあ》ちゃん家に出かけている。夕食は出前を取るよう言われたし、帰りは二〇時過ぎになるだろう。これなら女子を連れこんだのがバレずに済む。

二階に上がり、琴美の部屋をノックする。

「おーい、琴美ー」

『な、なにー？』

「ちょっといいかー？　すぐ終わるからー」

『ま、待っててねー』

なんか慌《あわ》ててね？　不審《ふしん》に思っていると、琴美が出てきた。ずっと家にいたようで、琴美はパジャマ姿のままだった。

「ど、どうしたのハルにぃ？」

「話したいことがあるんだが……お前、もしかしてゲームしてた？」

「ゲーム!?　試験前日に!?　お父さんに『これ以上成績を落としたらお小遣《こづか》いを減らす』って怒られたこの私が!?」

声が上擦《うわず》ってるし、目が泳いでるし、直前までゲームしてたとしか思えないリアクションだ。

三学期の期末試験で過去最低の順位になり、父さんに『次こそ試験直前はゲーム封印《ふういん》するからお小遣い減らさないで』って泣きついてたのに監視がないとすぐこれだ。

「いまなら怒らないから、本当のこと言えよ」

「うう、ほんとはゲームしてました……」

すぐに認める琴美だった。ある意味では素直な奴だ。

「お願い、お父さんには内緒にしてて……バレたら怒られちゃう」

「内緒にするから勉強しろよ。じゃないと赤点だぞ。追試は嫌だろ？」

「嫌だけど……本当はね、勉強もしたんだよ？　でも全然わからなくて……だから、息抜きにゲームすることにしたの」

「いつから息抜きしてんの？」

「一〇時から」

「俺が家を出てすぐじゃねえか」

それもう息抜きじゃなくて現実逃避だろ。

「だって、ひとりじゃどうしようもないから……。ハルにぃ、勉強教えて……」

試験ギリギリになって琴美に泣きつかれるのはいつものことだ。こうなるのはわかっていたので教えるのは構わんが、いますぐにというわけにはいかない。

「勉強はあとで教えるよ。そのかわり、メゾン・ド・ナイトのＯＶＡを見せてくれ」

アニメタイトルを口にした瞬間、琴美の目が輝いた。

「え⁉　メゾン・ド・ナイト⁉　ハルにぃ興味あるの⁉　一緒に見る⁉」

「持ってるのか？」

「もちろんだよ！　メゾン・ド・ナイトってゲーム原作なんだけどクラウドファンディングで去年アニメ化が実現したのっ！　でね、三〇〇〇〇円資金援助したらリターンとしてＯＶＡがもらえるんだ〜！　私ゲームは未プレイだけどコミカライズは大好きだから、クラウドファンディングのお知らせを見てすぐに支援したよ！　結果大満足！　一五分のなかにミコちゃんの魅力がぎゅっと詰まってるのっ！　って、見る前にネタバレしちゃだめだよね！　待ってね、いま見せてあげるから！」

降って湧いたアニメの話に琴美は大盛り上がりだ。布教布教〜、とうきうきしながらアニメ棚からＯＶＡを取り出した。

金髪ギャルが切なげにこちらを見ているパッケージである。琴美の口ぶり的に、彼女がミコちゃんとやらだろう。タイトルとビジュアルからして、アパートが舞台の恋愛系かね？

「琴美はメゾン・ド・ナイトが好きなんだよな？」

「好き好き！」

「じゃあ一緒に見る？」

「見る見る！」

「桃井と一緒に」

「もももも桃井さん!?」

うろたえすぎだろ。なにも後退《あとずさ》ることねえだろうに。ああ、ほら、うしろも見ずに動くから転んじまったよ。

「試験終わったら部屋片づけろよ。散らかりすぎだ」

「そ、そんなことより、どうして桃井さん!?　一緒に見るって、まさか家に来るの!?」

「もう家の前にいるぞ」

「家の前にいるの!?　あ、あの桃井さんが、どうしてうちに……?」

当然の疑問だわな。桃井は男嫌いとして有名なんだから。俺と仲良く過ごす姿なんか想像もできないだろう。

まほりんの正体が桃井だからと説明すれば瞬時に理解できるだろうが、琴美は華《はな》やかな女子、特にギャル系の女子が苦手だ。最悪の場合、萎縮《いしゅく》してチャットすらできなくなってしまう。

上手くすればリアルでも友達ができるのだが……失敗すれば妹から心の拠《よ》り所を奪うことになってしまう。焦《あせ》りは禁物。まずは様子見から。桃井がオタクだったってところから始めるとしよう。

「ここだけの話、俺と桃井って友達でさ。桃井もアニメが好きなんだよ。でさ、メゾン・ド・ナイトのOVAを見たいって話を聞いて、もしかしたら琴美なら持ってるかもと思ったんだ」

「だ、だからって、私が一緒に見る必要はないいんじゃ……」

「オタク同士で見たほうが盛り上がるだろ」

「盛り上がれないよ……緊張するもん」

琴美は本気で嫌そうだ。桃井みたいなキラキラしているオシャレ女子に苦手意識を持ってることは知ってたが、そこまで拒絶しなくてていいだろ。あいつマジでいい奴なんだぞ。

「オタク友達ができる絶好のチャンスだぞ」

「い、いいよ。私にはまほりんがいるもん」

そのまほりんが桃井なのだが、このまま打ち明ければまほりんのことも苦手になりかねない。いつまでも桃井を待たせるわけにはいかないし、今日のところは諦《あきら》めるか。

「ならアニメは桃井とふたりで見るよ。それと、桃井がオタクってことは秘密にしてくれ」

「言わないよ。そもそも言う相手もいないし」

言う相手もいない、か……。それに関しては信用できるのがツラいところだ。

琴美から借りたＯＶＡを自室に置き、桃井を迎えに外へ出る。そして俺の部屋に案内すると、桃井がきょろきょろする。

やべっ。部屋片づいてないの怪しまれたか？　琴美の部屋ほどじゃないが、俺の部屋も掃除直後にしては散らかってるからな……。

「ねえ、グッズはないの？」

そ、そっちかー！　そうだった。俺、ガチオタ設定だった。部屋にフィギュアもポスターもないのはおかしいわな。

一応マンガでわかる世界の偉人シリーズはあるんだが……これじゃ誤魔化せないよな？

「どうしてグッズがないの？」

「そ、それは……量が多すぎて、別室に飾ってる的な？」

「そうなんだ。部屋に収まりきらないってすごいわね。ねえ、見せてくれない？」

「そ、それはまた今度な。それよりいまはこれだろこれ」

桃井の気を逸《そ》らそうとメゾン・ド・ナイトを見せつける。

すると桃井は子どもみたいに目をキラキラと輝かせた。

「すごいすごいっ。ほんとに持ってたんだ！」

「ああ。クラウドファンディングでな」

「いいないいなー。あたしも事前に知ってたらぜったい支援したのに。メゾン・ド・ナイトの存在を知ったのアニメ化されてからなのよね。すごく面白《おもしろ》かったからOVAも見たかったのに市場にないし……手放したくないくらい面白いんだって思ったらますます見たくなっちゃった。だから今日はほんと嬉しい！　あたしミコちゃん大好きだから楽しみ〜。陽斗くんも最推《さいお》しはミコちゃんよね？」

「も、もちろんだ。ミコちゃんマジ可愛いよな〜」

「わかる〜！　それにしても妹持ちなのに妹キャラが大好きって珍《めずら》しいわよね」

ミコちゃん妹なの!?

「妹キャラが好きっていうか、ミコちゃんが特別可愛いだけだ。断じてシスコンをこじらせたわけじゃないからな?」

「わかってる。アニメはアニメ、リアルはリアルでしょ。ちなみに陽斗くんってミコちゃんの次は誰推し?」

ミコちゃんしか知らねえよ!

「う、うーん。迷うな~……みんな可愛いからな~」

「わかる! なんだかんだみんな推せるのよね! やっぱり恋する乙女《おとめ》は最強に可愛いわっ! でもでもやっぱり一番はミコちゃんっ! だからこそOVAが見たかったのよ。ミコちゃん回ってことは知ってたけど、ネタバレ避けたくて内容は調べないようにしてたの。やっと内容がわかるのね。ほんっと楽しみ~」

「一五分のなかにミコちゃんの魅力がぎゅっと詰まってるから期待していいぜ。てなわけで見るか」

琴美が言ったことをそのまま伝える俺。これ以上アニメトークが続けば対応できなくなるし、早くアニメを見せて落ち着かせたい。

「そうね。早く見ましょ」

桃井にわくわくとした顔で催促《さいそく》され、さっそく準備を済ませる。さっきまではしゃいでいたのに、アニメが始まったとたん、桃井は静かになった。

勉強してたときより集中してるな。見終わったあとは感想を語ることになりそうだし、俺も真剣に見ないとな。

……メゾン・ド・ナイトはアパートが舞台らしい。管理人となった大学生のハルキが、住人であるヒロインたちと仲良く交流する姿を描いた物語のようだ。

開始早々に次々と個性豊かな女の子たちが登場したが、どうやら夢だったようだ。ハルキはミコちゃんに起こされ、一緒に食事を済ませたところで、来訪者がやってくる。となりに住む女子大生から勉強に誘われ、ハルキは部屋を出ていった。そんなハルキを切なげな目で見送るミコちゃん。彼女は自室に戻るとベッドでスマホをいじり始め……壁が薄いのか、卑猥《ひわい》な声が漏《も》れ聞こえてきた。するとミコちゃんは切なそうに自分の胸を揉《も》み始め――

って、おいこれエロアニメじゃねえか！　ゲーム原作ってアダルトゲームかよ！　どうりで琴美が未プレイなわけだ。

チラッと桃井の顔色を窺うと……じんわりと頬を赤く染め、太ももをもじもじさせていた。

俺の視線に気づいたのかこちらを見て、ますます顔を赤らめる。

「あ、あたしの顔に、なにかついてる？」

「べ、べつになにも」

「だ、だったらアニメに集中しなさいよ」

「そ、そうするよ」

気まずい気持ちをそのままにテレビに視線を戻すと、そこには切なそうに喘《あえ》ぐミコちゃんが。

そしてとなりには、居心地《いごこち》悪そうにお尻をもぞもぞさせる桃井が。

この反応、どうやら桃井はOVAに過激なシーンがあることを知らなかったらしい。むしろなぜ琴美は内容を知ってて『一緒に見る？』とか言えたんだ？　アニメの見過ぎで感覚がバグっちまったのか？　そういや昔あいつに水着美女のフィギュアを自慢されたこともあったっけ。

好きなものを好きと言えるのはもちろんいいことだが、もうちょい一般人の感性も身につけてほしいものだ。友達ができれば、そのへんの感覚も身につくのかね。

などと考えていると、ハルキが帰宅した。妹の部屋から漏れ聞こえる声を不審に思い、心配そうに部屋に入り、ミコちゃんのあられもない姿を目撃。ミコちゃんはハルキに押し倒され、キスされるが、そこで夢から覚めてしまう。そして帰宅したハルキを切《せつ》なそうな顔で出迎えたところでエンドロールが流れ始めた。

気まずすぎることこの上ないが、俺はガチオタでメゾン・ド・ナイトが大好きな設定なんだ。桃井に感想を求めなくては。

「……」

ちらりと顔色を窺うと、桃井はいまだに頬を赤らめたままだった。話しかけづらいなぁ。

「ど、どうだった？」

「そ、そうね……切なかったわね」

なるほど。エロいシーンには言及しないパターンな。そっちのほうがありがたいぜ。

「ハルキのことが大好きなのに兄妹だから告白すらできないって、マジで切ないよな」

「陽斗くん妹持ちだし、一層共感できそうね」

「べ、べつに共感はしてないぞ」

「共感したからミコちゃん推しになったんじゃないの？」

「そ、そうじゃない！　ただほら、ええと……そう、見た目だ見た目！　俺ミコちゃんの見た目が好きなんだよ！」

「……金髪の女の子が好きなの？」

「そうそう！　金髪の女の子が好き――」

って、桃井も金髪の女じゃねえか！　気まずさに拍車《はくしゃ》がかかっちまったよ！

「も、もちろんアニメの話だぞっ？　嫌いっていうと語弊があるが、金髪だから好きってわけじゃないからなっ？　てか桃井こそ妹いないのになんでミコちゃん推しなんだ？」

「あたし妹キャラは無条件で好きになるタイプなのよ。お兄ちゃん好きの妹キャラは特にね。だからミコちゃん回を見ることができてよかった。ミコちゃんほんと可愛かったし、ハルキの声もよかったわ」

「声かー。たしかに渋くてかっこいい声だったな」

でしょ〜、と桃井は嬉しそうな顔をして、

「あの声ねー、パパの声にそっくりなの！」

まるで子どもが『うちの父ちゃんパイロットなんだ！』と自慢するみたいに言った。

「へえ、お父さんかっこいい声してるんだな」

「そうなのっ。だからあたし、ハルキの声優さんが担当してるアニメはよく見返してるのよ」

「なるほどね。てかそんなに好きなら普通にお父さんと話せばいいんじゃね？」

にこやかだった桃井は一転、顔を曇らせた。

「パパは仕事熱心だから。世界中を飛びまわってて、滅多《めった》に帰ってこないのよ」

「てことは母親とふたり暮らし？」

「ううん。ママはあたしが一二歳のときに病気で死んじゃって……それで、イギリスにいるとママのことを思い出すからって日本に越してきたの」

「そうか……。悪かったな、嫌なこと思い出させちまって」

「いいの。もう受け入れてるから。……まあ、ほんとのこと言うと寂しいし、だからネトゲを始めたんだけど」

「なんでネトゲに繋《つな》がるんだ？」

「結婚したら家族っぽいことができるかもって期待したの。まあけっきょくアニメとマンガとゲームの話しかしてないけどね」

でも、と桃井は明るい顔になり、

「家族っぽいことはできてないけど、すごくすご〜く楽しい時間を過ごせてるわっ。おかげで家にひとりでいても全然寂しくないの」

「そりゃなによりだ」

どうやら俺の妹は、知らず知らずにひとりの人間を幸せにしていたらしい。兄としてはものすごく誇らしい気分だ。

「また水曜にチャットしようぜ」

「楽しみにしてるわっ」

桃井はにこやかにそう言うと、腰を浮かした。

「じゃ、そろそろ帰るわね」

おう、とうなずき、桃井を玄関まで送る。

「今日はほんっとありがとね」

「いいって。ただアニメ見せただけだろ」

「それも感謝してるけど、勉強を教えてくれたし、あたしのチャーハンを美味しそうに食べてくれたじゃない。あれ、ほんっとーに嬉しかったから」

メゾン・ド・ナイトが衝撃的すぎて忘れてた。思い出したら腹が痛くなってきたぜ……。

「むしろ美味い飯《めし》食わせてくれてこっちこそサンキュな」

「どういたしましてっ。また機会があれば作ってあげるわね」

「い、いいって無理しなくて」

「遠慮しなくていいからっ。じゃ、またね」

「あ、ああ。またな」

真実を告げることなどできるわけがなく、俺は手を振り返すことしかできなかった。

幕間 ネトゲ夫婦のチャットログ

【漆黒夜叉】というわけでオレ的に期待の新作はマジカルモモチ2で決まりかなー
【まほりん】やっと発売日決まったもんね！
【漆黒夜叉】制作発表から長かったよなー
【まほりん】いまのうちに前作復習しないとね！
【漆黒夜叉】だなー。てか同時期に神ゲー集まりすぎじゃん！　オレの財布《さいふ》ピンチｗ
【まほりん】逆に羨《うらや》ましいｗ　私はその時期欲しいのマジカルモモチ２だけだよ
【漆黒夜叉】ウルバト２とか神ゲーの予感しかしないぜ？　ウルバト知ってる？
【まほりん】知ってる知ってる。前に話してくれたじゃん。そのあとＰＶ見たんだよ
【漆黒夜叉】どうだった？
【まほりん】面白《おもしろ》そうだけど難しそうでもあったかな。私ってアクション系苦手なのよねー。アニメはいろいろ見ちゃうけど、ゲームには癒《いや》し求めちゃうタイプだから
【漆黒夜叉】そういやまほりんが話題に出すのってスローライフ系ばっかだよな。しかも基本

インディーゲーム
【まほりん】そそ。なのに話についてこれる漆黒くんすごくない？　守備範囲広すぎだからｗ
【漆黒夜叉】知識として知ってるだけだってｗ
【まほりん】そうなの？
【漆黒夜叉】さすがにお金がｗ　気に入ったゲーム以外はクリアしたら即売るけど、それでも足りないんだよなー。庭から石油出ないかなｗ
【まほりん】漆黒くんってパッケージ派なんだ
【漆黒夜叉】まほりんはダウンロード派？
【まほりん】うん。あ、でもお気に入りのゲームは実物特典欲しいからパッケージで買うよ
【漆黒夜叉】わかる！　ウルバトどの店で買うかすごい悩んだｗ　店舗《てんぽ》特典マジ神だった
【まほりん】ウルバト超推《お》すじゃんｗ
【漆黒夜叉】マジで神ゲーだし！　逆にまほりんの最推しは？
【まほりん】世界樹の姫巫女《ひめみこ》とか超オススメ！
【漆黒夜叉】前に言ってたやつかー。あれ買おうとしたけどめっちゃ高かったんだよなー
【まほりん】じゃあ貸してあげる！
【まほりん】でさ、ついでにウルバトしようよ！
【まほりん】おーい？　漆黒くーん？

【漆黒夜叉】悪い待たせた。ウルバトってうちでするのか？
【まほりん】うん
【漆黒夜叉】ぜったいうちでなきゃだめか？
【まほりん】私の家に来たいの？
【漆黒夜叉】そうじゃない。調べたらネカフェでゲームできるっぽくてさ
【まほりん】そうなの？
【漆黒夜叉】調べた限りではな。ゲーム機は持参しないとだが荷物にはならないし。ドリンク飲み放題アイス食べ放題で空調完備ってゲームするには最適じゃね？
【まほりん】ネカフェ行ったことないから居心地《いごこち》わかんない
【漆黒夜叉】意外だな。マンガ読み放題じゃん
【まほりん】ああいうところってひとりで行くのちょっと怖いしw
【漆黒夜叉】ふたりなら平気？
【まほりん】うん。ネカフェってどこの？
【漆黒夜叉】先月コラボカフェ行っただろ？　あそこの一、二階のネカフェでいいんじゃね？
【まほりん】いよいよ初潜入かーw　いつ行く？
【漆黒夜叉】まほりんの都合に合わせる
【まほりん】じゃあ明日の一三時でどう？

【漆黒夜叉】了解
【まほりん】決まりね！　すっごい楽しみ！　明日に備えてもう寝るね！
【漆黒夜叉】おやすみ
【まほりん】おやすみ～！

第四幕　妹のネトゲ嫁とバトルした

六月上旬、金曜日の夜。

『ハルにぃ！　ハルにぃ！』

中間試験でクラス二位、学年八位という過去最高の順位にあぐらをかかず、次回期末試験に備えて勉強していると、ドアがガンガン叩《たた》かれた。

嫌な予感を胸に秘めつつドアを開けると、琴美《ことみ》が泣きそうな顔で立っていた。……これもう確実にあれだな。

「まほりん絡《がら》みだな？」

「まほりん絡み！　お願いハルにぃ、私の代わりにチャットして！」

「お、まだその段階か」

カラオケのとき、次オフ会に誘われたらチャットを代われと告げておいた。言いつけ通り、すぐさま俺を呼びに来たわけだ。ギリギリになって替え玉を頼みに来た初オフ会に比べれば、飛躍《ひやく》的な成長である。

「急いで急いで」

琴美に手を引かれ、妹の部屋へ連れていかれる。

試験終わりに片づけを手伝ってやったのに、また散らかっていた。部屋に業者を入れるのが嫌とかでエアコンもしばらく掃除してないし、身体《からだ》壊しても知らねえぞ。

なんて小言を言いたい気持ちを抑えこみ、促《うなが》されるままゲーミングチェアとやらに腰かける。

モニターにはゲーム画面が表示されていた。はじめて見るが、これが【Life of Farmer】か。

スローライフ系を謳《うた》うだけあり、穏《おだ》やかな音楽が流れている。暖炉《だんろ》前に置かれたソファには

イケメンと美女がとなりあって座り、画面の下にはチャットログが。

ざっと数行読み返すと、どうやら琴美はゲームに誘われてしまったらしい。まだ了承はしてないし……

「これって断るのはなしか？」

「だ、だめだよ！　断ったら嫌われちゃう……！」

断ったところで嫌われはしないだろうが……まあ、がっかりはさせちまうか。文面からも、桃井《ももい》のわくわく感が伝わってくるし。過去二回のオフ会、マジで楽しかったんだな。

「わかったわかった。断るのはやめといてやる」

とはいえ、桃井の頼みをそのまま受け入れることはできない。

まほりんが来るはずなのに桃井が来れば、琴美が正体に勘《かん》づいてしまうから。

チャットを読んだ感じだと、桃井の目的は俺と一緒にゲームすること。場所はどこでもいいはずだ。

「琴美、ゲームできる店って知ってる？」

「ネカフェとか？」

「んじゃ金浄駅《きんじょう》前のネカフェについて調べてくれ」

琴美にスマホで調べさせているあいだ、桃井に俺の家以外でもいいか確認を取る。桃井が『私の家に来たいの？』とたずねてきたところで、琴美がスマホを見せてきた。

「あのネカフェ、ゲーム持ちこみできるみたいだよ」

検索結果によると、ゲーム持ちこみ可のほか、ドリンクやアイスが無料提供されるらしい。マンガ好きには天国みたいなところだな。

さっそくネカフェのメリットを打ちこむと、桃井を乗り気にさせることに成功。ゲームするだけならいつでもいいので桃井の都合に合わせると、明日の一三時を提案してきた。

了解、と打ちこみ、別れの挨拶《あいさつ》を済ませると、ログアウトしたのか美女がふっと消える。

あとは明日、桃井とゲームするだけだ。アニメを見るわけじゃないし、これなら替え玉だとバレずに乗り切れる。

「ごめんねハルにぃ。また休日潰《つぶ》しちゃって……」

琴美はシュンとしている。本当に申し訳なさそうだ。

だからってわけじゃないが、琴美を責めるつもりはない。

嫌われたくないからお願いされたら断れないってのはやりすぎだが——裏を返せばそれだけまほりんのことを大事に思っているわけで。兄を巻きこむのはどうかと思うが、友達を大切に思う気持ちは尊重してやりたい。

「気にするな。過去二回に比べると全然マシだ」

コラボカフェのときも、カラオケのときも、徹夜でアニメを見るはめになった。

今回は一緒にゲームするだけだ。アニメの話にしどろもどろになる必要はなく、ネカフェにいるのを理由に途中でマンガに切り替えることもできる。

「んじゃ勉強に戻るから。お前も夜更《よふ》かししすぎないようにな」

「え、勉強するの？」

「なぜ戸惑《とまど》う？」

嫌な予感がするからその顔やめてくれ。

「だって明日はウルバトするんだよ？　ちゃんと練習しないと」

「お前まさかカラオケのときみたいに無駄にハードル上げてないよな？」

あのときは『歌上手《うま》い』だの『オタ芸』だの『マイクは手放さない』だの無駄にハードルが上がっていた。

チャットログを見た限りではそんなこと書かれてないが、過去にそういった話題が出ていたのかもしれない。

琴美は首を横に振り、

「まほりんはウルバトの話題にあんまり乗ってこないから、たいしたことは話してないよ」

「ほんとか？　『プロ級の腕前なんだよね〜』とか自慢してないよな？」

「してないよ」

「そっか。ならいいが……」

「ただ、初心者みたいな動きをするのはさすがに不自然だよ」

「一理あるな。どれくらいで脱初心者できる？」

「ウルバトは操作簡単だから、三時間もあればそれなりに動けるようになるよ。とりあえず全キャラ動かしてみて、持ちキャラ決めて、そのキャラのストーリーモードをクリアしてみればいいと思う」

「それくらいなら……」

まだ二一時を過ぎたばかり。練習しても日付が変わる頃には眠りにつける。過去二回のオフ会に比べたらどんなにマシか——

「あとウルバトのアニメも全話見ないとね！」

またかよちくしょう！

「ウルバトってアニメなの!?」

「正しくはマンガ原作だよ。持ってないし、買うお金もないから、アニメを見るしかないけど。配信されてるのは確認済みだからそこは心配しないでね」

「でもさ、まほりんってウルバトに興味ないんだろ？　アニメ見なくてもよくね？」

「アクションが苦手だからゲームに手を出してないだけで、ウルバトは好きって言ってたよ。ゲームしてたらぜったいキャラの話になるって」

これまで通り、替え玉だとバレないようにアニメを見るしかないわけか。

「……全部で何話だ？　一二話か？　二四話か？」

「二〇〇話」

「間に合わねえじゃねえか！」

琴美がびくつく。

ああもう、泣きそうな顔するなよ。むしろ泣きたいのは俺のほうだっての。

「だ、だって間に合わないって言おうとしたのにハルにぃがすぐ『了解』って打っちゃうから
……ど、どうしよハルにぃ」

「どうしよって、どう考えても二〇〇話は無理だろ。一話二五分としても八三時間だぞ」

「三日半くらいかかっちゃうね……」

「ナチュラルに睡眠時間を消すな。百歩譲《ゆず》って二週間だし、なんなら一カ月はくれよ」

「延期するってこと……？」

「そうするしかないだろ」

「だ、だめだよ。まほりん楽しみって言ってたのに……」

俺だって延期は提案したくない。まだ二一時なのに明日に備えて寝ると言い出すくらいだ。いまごろベッドのなかでわくわくしているだろう。そんな桃井に延期しようとは言いづらい。

ただ……

「延期しないと知識不足になっちまうだろ」

俺まだ『ウルバト』が正式タイトルか略称かすら知らないんだぞ。

「だいじょうぶ。操作法を教えながらキャラの解説するから。メインキャラたちのストーリーモードで遊べば話の流れも摑《つか》めるしなんとかなるよ」

一夜漬《づ》けでオフ会に臨《のぞ》むのは不安しかないが……思い返せば俺はいつでも付け焼き刃で乗り切ってきた。全二〇〇話ってことはストーリーが長大すぎてうろ覚えの部分もあるはず。一夜漬けでもなんとかなるかも。

「琴美も徹夜になるわけだが、そこはいいのか？」

「全然平気。むしろ嬉《うれ》しいっ。だってハルにぃとゲームできるんだもん！」

琴美とのゲームは小学生の頃にちょろっとして以来だ。婆《ばあ》ちゃん家《ち》に格闘ゲームを持ちこみ、ボコボコにされ、速攻コントローラーを投げたのを覚えている。

「じゃあするか、ウルバト」

「うん！　すぐに用意するから待っててね！」

琴美はわくわくと声を弾《はず》ませ、ゲームの準備に取りかかるのだった。

◆

そして迎えた翌日土曜日。

待ち合わせの五分前、俺は金浄駅にやってきた。

空は晴れ渡っているものの、駅を出たとたんに蒸し蒸しとした空気がまとわりついてくる。カラッとした五月の天気が懐《なつ》かしい……。

蒸し暑さと寝不足でノックアウト寸前になりつつ雑居ビルを訪れると、ネカフェのドア前に桃井がいた。

「待たせたな」

「一分前に着いたところよ。今日は遅いのね」

これが高瀬《たかせ》とのデートなら待ち合わせの三〇分前には待機するが、相手は桃井だ。そのうえデートですらない。約束の時間前に着いただけでも充分だろ。

「悪かったな一分も待たせちまって」

「なーんかトゲのある言い方ね。こないだみたいに優しくしてくれてもいいのよ？」

「あのときは無理言って勉強会に参加したからな。そのお詫《わ》びみたいなもんだ。てか、テストどうだった？」

桃井とは相変わらず学校では絡まない。こうやって話すのはメゾン・ド・ナイトを見たとき以来だ。高瀬が赤点を回避できたのは小声で『おかげで五二点だったよ』と礼を言われたので知ってるが、桃井についてはなにも知らない。

桃井は得意げな顔で、

「おかげで過去一だったわ。学年順位が一気に二〇も上がっちゃった」

「そりゃよかった。また勉強で困ったときは気軽に頼れよ」

「助かるけど、面倒《めんどう》じゃない？」

「べつに。教えるのも復習になるしさ」

「ふーん。なんだかんだ優しいのね。そのときは頼らせてもらうわ」

よし。これでまた高瀬と勉強会ができる。前回以上に頼りがいのあるところをアピールして好感度を稼《かせ》いでやるぜ！

「さて、行くか」

自動ドアをくぐって店内へ。カラオケ店では店員さんに怯《おび》えられたが、桃井が選んでくれた服のおかげか、スマイルで歓迎された。

「いらっしゃいませ。二名様でご利用ですね？　お部屋のほうはどうなさいますか？」

「なんか希望ある？」

「ゆったりゲームできる部屋がいいわ」

「あ、ゲーム持ちこめるってサイトに書いてあったんですけどだいじょうぶですか？」

「はい、だいじょうぶですよ。でしたらソファルームがオススメです」

「じゃあそこで」

「かしこまりました。ご利用時間はどうなさいますか？」

「三時間くらいでいいよな？」

「うん。それでいい」

「はじめてご利用の場合はお手数ですが会員カードを作っていただくことになりますが……」

「せっかくだし作っとけば？」

「あたしはパス」

「んじゃ俺が作るか」

滞《とどこお》りなく手続きを済ませ、部屋番号が記されたカードキーを受け取り、マンガ棚に挟《はさ》まれた通路を進む。

「はじめて来たけど、ものすごい品揃《しなぞろ》えね。これもう天国じゃない」

「そこまで気に入ったなら会員カード作りゃよかったのに」

「必要ないわよ。どうせ陽斗《はると》くんとしか来ないもの」

「昨日も怖いとか言ってたな。ナンパされるのが心配なのか？」

「ええ。だってほら、あたしって可愛《かわい》いじゃない？」

「そういうこと自分で言うかね」

「この外見で謙遜《けんそん》って、それもう嫌味じゃない。そもそもあたしのこと可愛くないと思ってる男子って、学校じゃ陽斗くんくらいのものよ」

「べつに好みじゃないだけで、可愛くないとは思ってねえよ」

「あら、そうなの？　可愛いと思ってるんだ」

俺に惚《ほ》れられるのは困るだろうに、桃井はどこか嬉しそう。ま、褒《ほ》められて嫌な気はしないわな。

「ちなみに陽斗くんの好みって？」

「言わねえよ」

「じゃあ当ててあげるわ。そうね～……いままでの傾向からして、ナユタとかヤヨイみたいな女の子でしょ」

アニメで例《たと》えるなよ。全然わかんねえから。てか女子とこういう話はしたくねえよ。普通に恥《は》ずかしいんだわ。

「お、あったぞ部屋」

タイミングよく部屋が見つかり、話をはぐらかすことができた。カードキーで解錠すると、さっそくなかへ。

　ソファがデカすぎるからか、ふたりで利用するには狭く感じる。モニターとの距離が近く、長居すれば目が悪くなりそうだ。

「飲み物持ってくるからゲーム準備しててくれ」

「ありがと。あたしオレンジジュース」

　はいよ、とゲーム機入りのカバンを置いて部屋を出る。コーラとオレンジジュースを持って部屋に戻ると、準備ができたようで、桃井が見慣れないコントローラーを握っていた。

「わざわざ自分の持ってきたのか？」

「こっちのほうが手に馴染《なじ》むもの」

「気合い入ってんな」

「今日は勝つ気で来たから。ねえ、賭《か》けしない？」

「負けたらジュース奢《おご》るとか？」

「ジュース飲み放題なのにそれはないでしょ。陽斗くんは一〇勝、あたしは一勝したら相手に好きなお願いができるってのでどう？」

「桃井に有利すぎるだろ、それ」

「あたし初心者なのよ？　これくらい有利でもバチは当たらないと思うけど？」

　俺だって初心者だが、徹夜で練習したんだ。桃井より上手いのは間違いない。

琴美が言う通り操作は簡単だったが、初心者を脱するのに三時間はかかった。ネカフェには三時間しか滞在しないので、桃井は初心者を脱せない。つまり俺の負けはありえない。

ただなー……。

「桃井に頼みたいこととかないしな」

「じゃー陽斗くんが一〇勝したら一週間お弁当作ってあげる」

「え、弁当⁉」

「もちろん周りに勘違《かんちが》いされないようにこっそり渡すわ。どう？　やる気出たでしょ」

むしろ負けたくなっちゃったよ。桃井が傷つくし、食べたくないとか言えないけども。

「それだと手間だろ。俺が勝ったらほかの頼みを聞いてくれ」

「遠慮しなくていいのに。ま、いいわ。とにかく賭け成立ね？」

俺はうなずく。昨日たっぷり練習したんだ。けっきょく琴美には一勝もできなかったが、『いいスジしてるね』と褒められた。

対する桃井は初心者だ。おまけにアクションゲームが苦手らしい。俺が負けるわけがない！

ゲームを起動し、キャラクター選択画面へ。俺は迷うことなく主人公のアクセルを選択する。

「へえ、アクセルかー。だったらあたしはロケットよ！」

「お、師弟《してい》対決か。アニメの再現だな」

「あの展開は燃えたわ！　さらわれたオイルちゃんを救いにひとりドクターパンクのアジトに

乗りこもうとするアクセルと、危ないからってそれを止めようとするロケットの師弟対決！　男と男のぶつかり合い！」

「アクセルが辛勝《しんしょう》したけど、実はロケットは本気出してなかったんだよな」

「そうそう。厳しく接してたけど、実はアクセルのことを息子みたいに思ってたのよね！」

「ロケットの本心を察したアクセルが去り際に『いままでありがとう、父さん』ってささやくシーンが最高だったぜ！」

「それ！　そしてアクセルがドクターパンクに負けそうになったとき、ロケットが駆けつけてくるのよね。で、そこではじめて師匠《ししょう》の本気を目の当《ま》たりにするの！」

「無双《むそう》シーンな！　あれめっちゃ熱かったよな！」

アクセルのストーリーモードを選ぶと、師匠のロケットは敵軍を壊滅寸前に追いこみつつも、最後はドクターパンクに敗《やぶ》れて死ぬ。あのときは深夜テンションだったこともあって泣くかと思ったし、となりで琴美は号泣《ごうきゅう》してた。

「で、アクセルが師匠の復讐《ふくしゅう》を誓《ちか》ったところで第二部に突入するのよね！　闇落《やみお》ちスタイルのアクセル、絶妙に中二心《ちゅうにごころ》をくすぐるデザインでかっこいいのよね～！」

「かつてのロケットみたいに弟子《でし》を育てる展開が燃えたよな！　俺次エンジン使うわ！」

「あーズルい！　あたしが弟子使いたかったのに！」

「こういうのは早い者勝ちだ」

「だったら次は闇落ちアクセルで第二次師弟対決に持ちこんでやるわ！」

ストーリーモードで学んだ知識で盛り上がりつつもキャラを選び、戦いの火蓋《ひぶた》が切られる。

俺が選んだ闇落ち前のアクセルは、短剣を武器とするスピード型。対するロケットは大剣を振りまわすパワー型。

アクセルのストーリーモードをクリアした俺は、もちろん師弟対決も経験済み。一度師匠を乗り越えたのだ。ロケットの攻略法は知っている。

ロケットは力は強いが動きは遅い。真正面から挑めば立ち所にやられてしまうため、素速い動きでバックを取りつつヒットアンドアウェイ戦法を取るのが吉だ。

びしっ、びしっ、と蝶《ちょう》のように舞い蜂《はち》のように刺すアクセル。

「んっ！　んっ！　やっ！」

すると桃井がボタンをカチャカチャしつつ、コントローラーを左右に激しく揺らし始めた。

すっげえ気が散る……。

「おい動くな――」

「隙《すき》あり！」

「あっ、ちょま！」

ざしゅ！　ロケットの必殺技がクリーンヒット。体力ゲージがごっそり削《けず》られ、アクセルが倒れ伏す。

「やったー！　あたしの勝ち～！」

「いまのズルだろ！　身体動かすなよ！」

「しょうがないじゃない。勝手に動いちゃうんだもの」

「だからって――」

「ていうか前にチャットで言わなかったっけ？」

「あー、そういや言ってたな。悪い忘れてた。そういうことならしょうがないか」

くそ。なにも言い返せなくなっちまった。

俺は桃井が身体を動かすのを承知の上で勝負を受けた――そういうことにするしかない。

「で、俺に頼みたいことって？」

「あとでまとめて伝えるわ」

まとめてって……

「まさか一勝につきひとつ頼むつもりか？」

「そのまさかよ」

「聞いてないぞ！」

「初心者なんだからそれくらいいいでしょ。そもそも勝てばいいじゃない。自信ないの？」

くそ。挑発《ちょうはつ》しやがって。

こっちは琴美に鍛《きた》えられたんだぞ。これ以上負けるかよ！

「いいぞ。その勝負、受けて立つ！」

「ノリがいいわねっ。そういうところ好きよ」

桃井は先ほどの宣言通り、闇落ちアクセルを選択した。俺はその弟子のエンジンを選ぶ。

エンジンは忍者の末裔《まつえい》で、飛び道具を得意とするスピード型だ。対する闇落ちアクセルは、闇落ち前に比べるとパワーが上がったかわりにスピードが落ちた。距離さえ詰められなければ俺の勝ちだ。

第二戦が幕を開け、俺はとにかく手裏剣《しゅりけん》を投げまくる。琴美には一切通じなかったこの戦法、初心者の桃井には防ぐ手立てがないようで、じわじわと体力ゲージを削っていく。

「ズルい！　こっち来なさいよ！」

「断る。これがエンジンの戦法だからな！」

「もうっ！　そんな弟子に育てた覚えはないんですけど!?　原作通りやられなさいよ！」

「原作とは違うストーリーを楽しめるのがウルバトのいいところだ！」

原作は知らんが、エンジンのストーリーモードはプレイした。

エンジンはドクターパンクに捕らえられた妹を助けるためにアジトに乗りこもうとするが、アクセルに危ないからと止められる。そして師弟同士で戦い、弟子のエンジンが勝利するのだ。

だが実はアクセルはわざと負けていた。厳しく接しつつも内心では息子のように思っていた弟子に本気を出すことができず、負けたふりをしたのだ。去り際にエンジンから『ありがとう、父さん』と感謝される第一部のセルフリメイクは熱かった。

　エンジンがアジトで負けそうになっていたところで、アクセルが助けに駆けつけるシーンも大好きだ。アクセルが宿敵ドクターパンクに勝利して師匠のロケットを超えるシーンは正直燃える展開で、あのときばかりは眠気が覚めた。

「あー負けた！　原作と違う！」

　二戦目は俺の勝利となる。急に身体を動かされると気が散るが、モニターに集中すれば勝てない相手じゃない。

「どうだ。エンジンの強さ、思い知ったか」

「原作通りにしないなんて邪道よ邪道！　次はオイルちゃんでボコってあげるわ！」

「なら俺はドクターパンクだ」

　そうして始まった三戦目も俺の勝ち。続く四戦、五戦も俺が勝ちを収めていき——

「あーもうっ！　全然勝てない！」

　一〇連勝したところで、桃井がコントローラーを手放した。まるでかつて琴美にボコられた自分を見ているようだが……あのときの俺とは違い、桃井は悔《くや》しがってはいるものの、同時に楽しそうにも見えた。

「怒ってない？」

「怒る？　どうして？」

「俺にボコボコにされたから」

「べつに怒らないわよ。普通に楽しんでるわ」

「負けるのが楽しいのか？」

「なわけないでしょ。ただ負けても楽しいってだけ。こうやって誰かと一緒にゲームするの、はじめてだもの」

いつも琴美と【Life of Farmer】をしているが、『一緒に』というのは『同じ空間で』という意味だろう。

「高瀬たちとゲームしたりしないのか？」

「しないわよ」

「なんで？　青樹《あおき》と寿《ことぶき》はわからんが、高瀬ってノリいいし付き合ってくれるんじゃね？」

「付き合ってはくれるでしょうけど、ゲームを楽しんでくれるかはわからないわ。葵《あおい》ちゃんは好きなもの以外には一切興味持たないタイプだし、嵐《らん》ちゃんと鳴《なる》ちゃんは身体を動かす遊びのほうが好きだもの」

「誘ってみたら案外楽しんでくれるかもだぞ」

ほかならぬ俺も、わりとウルバトを楽しめたしな。

「誘わないわよ。鳴ちゃんも葵ちゃんも嵐ちゃんも――ていうかあたしの友達みんな、オタクじゃないし。ゲームに誘ったらオタクだと思われるじゃない」

「実際オタクだろ」

「オタクだけど、オタク以外のひとにオタクだと思われたくないのよ。バレたらバカにされるかもだし……」

「そんなことないだろ」

「そんなことあるわよ。中学のとき、女子がオタク男子をバカにしてたもの」

「そりゃ俺だって全員が全員オタク趣味を快《こころよ》く受け入れるとは言わねえよ。けど、高瀬たちは友達の趣味をバカにするような奴《やつ》じゃないだろ」

　俺みたいな強面《こわもて》男に『かっこいい』って笑顔で話しかけてくれた奴だぞ。高瀬は偏見《へんけん》なんて持たねえよ。人様に迷惑かける趣味でもない限り、笑顔で受け入れてくれるって。

「でも……もしかしたらって思うと怖いのよ。だから言わないわ。それに言わなくても楽しく過ごせてるし」

　だって、と嬉しそうに頰《ほお》を緩《ゆる》ませ、俺を見つめる。

「陽斗くんがオタク趣味に付き合ってくれるもの」

「そりゃまあ誘われれば付き合ってやるけどさ。オタク友達はひとりよりふたりのほうがいいだろ？」

「そりゃね。あたしだってできればオタク女子と仲良くなりたいわ」

「女子限定？」

「男子と仲良くなればオタサーの姫みたいになっちゃうでしょ。あたしは恋愛を持ちこまずに楽しく遊びたいのよ」

つまり女子ならいいわけだ。こりゃ琴美に友達を作らせる絶好のチャンスだな。

「俺に妹いるの知ってる？」

「藤咲《ふじさき》琴美さんでしょ。当然知ってるわ」

「ここだけの話、実は琴美もオタクでさ。俺が仲介《ちゅうかい》するから仲良くしてみてくれないか？」

「無理ね」

え、即答？

「俺の妹、嫌いなのか？」

「あ、ごめん。そういうことじゃないの。むしろ仲良くなれるならなりたいわ」

「ならなんで無理とか言うんだよ」

「向こうに仲良くなる気がないからよ。あたし何度か藤咲さんに声かけてるんだから。親睦《しんぼく》会にも誘ったし、ノートを運ぶの手伝おうともしたし、体育のペアに誘ったりもしたわ。だけど毎回怯えた顔で距離を取られちゃうのよ」

その光景がありありと目に浮かぶ。女子全員に優しい桃井がなぜ琴美だけは無視するのかと不思議だったが、気を遣《つか》ってくれてたのか。つくづくいい奴だな、桃井は。

「あー……うちの妹がすまん。でもさ、悪気があるわけじゃないんだ。あいつシャイなんだよ、筋金《すじがね》入りの。小学生の頃からずっとあの調子でさ。琴美はもうぼっちを受け入れちまってるが、本心では友達を欲しがってて……だから友達を作らせてやりたいんだ」

「あなたっていいお兄ちゃんなのね」

桃井は感心したようにそう言いつつも、でも、と否定の言葉を続ける。

「あたしやあなたがどう思おうと、藤咲さんが自分の意思で仲良くなりたいと思わない限り、仲良くはできないわよ」

「わかってるよ。無理やり仲良くさせても長続きしないだろうし。ただ、友達作りのきっかけくらいは作ってやりたいんだ」

「まあ、藤咲さんに仲良くなる意思があるなら、あたしも友達になりたいけど……」

「ありがとな。そう言ってもらえただけで充分だ」

桃井に仲良くなろうという意思があるんだ。あとは琴美の気持ちしだい。

メゾン・ド・ナイトのときは拒絶されたが、それは桃井が嫌いだからじゃなく、キラキラ系女子に苦手意識を持っているから。ギャルである前に自分と同じオタクなのだと知ってもらうことができれば、苦手意識も薄れるはずだ。

「どういたしまして。――でさ、お願いどうする？　やっぱりお弁当がいい？」

「い、いや、さすがに弁当は手間だろ？」

「気にしなくていいわよ」

「そう言われても気にするんだよ。だから……そうだな。今度勉強会するときは、俺に英語を教えてくれ」

「お安い御用よ」

「サンキュな。で、桃井の頼みは？」

「あたしの頼みは……」

恥ずかしいお願いなのか、桃井は伏し目がちになった。俺の顔色を窺《うかが》うように、前髪の隙間から青い瞳《ひとみ》で見つめてくる。

「……遊園地で、遊びたいの」

言いづらそうにしていたのでとんでもない頼み事をされると身構えていたが、拍子《ひょうし》抜《ぬ》けだ。

「意外だな」

「あ、やっぱり子どもっぽかった？」

「子どもっぽいってか、遊園地に行きたがるタイプには見えなくて」

見た目は大人びたギャル、中身はガチオタ、家は金持ち——。俺が知る桃井と遊園地とではイメージが結びつかない。

「昔から遊園地に憧《あこが》れてたのよ。あなた、遊園地に行ったことは？」

「あるよ」

「誰と？」

「家族とだが……」

……ああ、そっか。こないだ言ってたもんな。父親は仕事で世界中を飛びまわってるって。そんな忙しい親に高校生になってまで『遊園地に連れてって』とは言えないか。

「高瀬たちと一緒に行けば？」

休日も部活があるけど遊園地に行くくらいの余裕はあるだろ。

「女子だけだとナンパされちゃうわよ。去年海に行ったときとかすごかったんだから。プールでも、お祭りでも、ボウリングでもね。もうナンパされるのも慣れちゃったけど、はじめての遊園地くらい邪魔されずに遊びたいわ」

つまりナンパ避《よ》けか。そういうことならぜひ行こう。上手くナンパ避けとして機能できれば、友達同士の海とかプールにも恋人兼用心棒《ようじんぼう》として同伴《どうはん》できるかも。高瀬の水着姿、超見たい。

「だったら一緒に行こうぜ！」

「そうこなくっちゃ！　あなたってやっぱりノリがいいわね！」

遊園地に行くことが決まり、桃井は嬉しそうに笑うのだった。

◆

ネカフェを満喫《まんきつ》したあと。

タクシーで去っていく桃井を見送り、俺はまっすぐ家路についた。

「ただいま」

家に帰りつき、階段を上がっていると、琴美が部屋から顔を出す。ずっと家にいたようで、パジャマ姿のままだった。

「おかえり。オフ会どうだった？　上手くいった？」

「ちゃんと盛り上がったぞ」

昨日はどうなることかと思ったが、過去二回に比べると今日のオフ会が一番楽しかった。全二〇〇話のアニメを見ようとは思わないが、ゲーム版のウルバトならまた遊んでもいいくらいには思っている。

「ほらこれ」

琴美にゲーム機入りのリュックを渡す。これで本日の任務は完了だ。リュックを返したのも相《あい》まって、肩の荷が下りた気分。さっそく風呂に入って疲れを落とそう。

「あ、そうだ。お父さんたちはお婆ちゃんの家に行ったから。帰りも遅くなるって」

「りょーかい」

料理する気力はないし、風呂に入ったらラーメンでも作るかね。そんでもって早めに寝よう。

一度部屋にパジャマを取りに行き、浴室へ。バスタブにお湯が溜《た》まるのを待っているあいだ、リビングでくつろぐことに。ソファに身を沈めていると、じわじわと眠気が押し寄せてきた。

「眠そうだね」

寝落ち寸前、ふいに聞こえてきた琴美の声に、遠のきつつあった意識が呼び戻される。

「夜通しゲームすりゃ眠くもなるさ」

「だったら膝枕《ひざまくら》してあげる」

まさかの提案に眠気が引っこむ。

「なんで膝枕？」

「だってすごく眠そうだから。お湯が溜まったら起こすから寝てていいよ」

「そういうことなら普通にこのまま寝かせてくれ」

「遠慮しなくていいのに……」

「遠慮じゃないから」

俺たち高校生だぞ。この歳《とし》で妹に膝枕されるとか恥ずかしいっての。眠れるものも眠れなくなっちまうよ。

「じゃあ、えっと……そうだ！　今日は私がご飯作ってあげる！」

「いいよわざわざ作らなくて」

琴美がメシマズだから断ったわけじゃない。料理が上手いわけじゃないが、俺と同じくらいには——簡単な料理くらいなら作ることができる。双子《ふたご》だからか、同じ家庭で育ったからか、味付けの好みも似通っている。

ただ、今日は疲れてるんだ。さっさと食べてさっさと寝たい。料理を待つ時間が惜《お》しい。

「だったら耳かき！　耳かきしてあげる！」

「いいってば。耳かきくらいひとりでできるから」

なんて言っている間にお湯が溜まり、お風呂が沸きました、と音声が聞こえてくる。

そんなに耳かきしたかったのか、がっくりしている琴美をリビングに残し、ひとりで浴室へ。

ささっとシャンプーを済ませ、身体を洗おうとしたところで――

「ハルにぃ、背中流してあげる！」

浴室ドア越しに呼びかけられた。

膝枕といい、料理といい、耳かきといい、今日はやけに世話したがるな。メイドアニメでも見たってのか？　最近はそうでもないけど、昔はすぐアニメに影響されてたからなぁ。

騎士が描かれたイラストを見せてきたり、自分が異世界で活躍する小説を読ませてきたり、ダークシャドウウィザードなる人格で絡んできたり。そのことを指摘《してき》すると顔を真っ赤にして「うわあああ！」とか叫びやがるし、今日の世話もいずれ黒歴史ってやつになるのかも。

そうだとすると。いや、そうでなくても、背中を流すのはやめてほしいが。なぜなら普通に恥ずかしいから。

「いいってば。俺たちもう高校生だぞ」

「心配しないで。ちゃんと水着着てるから」

「俺が全裸なんだよ」

「ハルにぃの水着もあるよ。ほら」

ドアの磨《す》りガラスに男物の水着が押しつけられる。

「なんでそこまでするんだよ……」

「だって……夢を見たから」

「夢？」

「うん。ハルにぃに嫌われる夢。私、最近ハルにぃに迷惑かけてばかりだから……」

ああ、オフ会のことを気にしてるのか。

そりゃ最初は面倒事を押しつけやがってと小突きたくなったが、いまはべつに怒ってない。替え玉だとバレないようにオタク知識を学ばないといけないのがネックだが、桃井と遊ぶのは嫌じゃないしな。だから兄のご機嫌取りなどしなくていいのだが……

「水着パス」

琴美は俺に嫌われるんじゃないかと気にしてるんだ。兄として妹の悩みは晴らしてあげたい。でないと、ただでさえ根暗《ねくら》な妹が家にいるときまで暗くなっちまう。

ドアがわずかに開き、水着が投げ渡された。さっそく着用する。

「もう入っていい？」

いいぞ、と呼びかけると、遠慮がちにドアが開いた。

琴美はスク水姿だった。今週から水泳の授業が始まったが、学校側の配慮で男女のレーンは離れている。

そのうえ教師の監視下のなか、女子のほうをじろじろ見るわけにはいかず——それでも桃井だけは目立つのでチラッと目に入ったものの、高瀬も琴美も見つけることはできなかった。

俺の妹は猫背さえ治せば桃井に引けを取らないほど発育がいい。こうして数年ぶりに琴美の水着姿を見てもなんの感情も湧《わ》かないが、男子が見れば琴美への印象が変わりそうだ。

「もう背中流していい？」

「いいぞ」

琴美がボディタオルを泡立《あわだ》て、背中をごしごし擦《こす》ってくる。

妹と風呂に入るのは小三以来。まさかこの歳になって妹と風呂に入るとは……。黙ってると気まずいし、なにか話すか。

「ウルバト上手くできた？」

話題を探していると、琴美のほうから話しかけてきた。

「初戦以外は全勝したぞ」

「へー。まほりん一勝したんだ。上手だったの？」

「上手ってか、身体が勝手に動くタイプでさ。気が散って負けたんだ」

「あー、まほりん言ってた。身体も一緒に動いちゃうって。だからかどうかはわかんないけど、

アクション系はあんまり好きじゃないみたい」

「スローライフ系が好きなんだろ？」

「うん。あ、そうだ。世界樹の姫巫女《ひめみこ》って貸してもらったの？」

「さっき渡したリュックに入ってるよ。お前が先にプレイしていいから」

「ハルにぃもするの？」

「そりゃな。返すときに感想聞かれてなにも答えられなかったら怪《あや》しまれるだろ」

「そっか。返すときもハルにぃにお願いしないとなんだ……。ごめんね、ハルにぃ」

「いいって。徹夜でアニメを見るはめになるのは二度とごめんだが、会うだけなら嫌じゃないしな。むしろ楽しいぞ」

「ハルにぃもオタクになってきたってこと？」

「そうじゃない。まほりんがいい奴だから、一緒にいるとなんだかんだ楽しめるんだよ」

「でしょ！」

　と、琴美は急に得意げだ。鏡に映る顔が、嬉しそうにほころんでいる。

「まほりん、すっごくいいひとなんだよっ！　私が好きなアニメは好きって言ってくれるし、私の考察に感心してくれるし、夜中までアニメの話に付き合ってくれるの！　嫌々じゃなくて、私と話すの楽しいからって！」

「琴美もまほりんが大好きなんだな」

「うん！　大好き！　だって私のたったひとりの友達だもん！」

「じゃあさ、実際に会ってみるのはどうだ？」

鏡に映る琴美の顔が、急に曇《くも》った。

「できないよ……」

「面と向かって話すのが緊張するから？」

「うん……。それに、いまさら『私が漆黒夜叉《ダークネスダーク》です』なんて言えないよ……」

「まあ、俺もいきなり正体明かせとは言わないよ。俺でよければ替え玉続けてやるからさ」

「でも……嫌じゃない？」

「言っただろ。まほりんと遊ぶの楽しいって。オタクじゃない俺ですらそうなんだ。琴美ならもっと楽しめるだろ。まほりんもきっと、俺より琴美と過ごしたほうが楽しんでくれるよ」

琴美は悩ましげな顔でうつむいてしまう。

ま、即答はできないわな。これで会えるなら、最初から替え玉なんて頼まない。まほりんと過ごすのが楽しいことくらい最初からわかっているだろう。わかっているけど緊張で会うのをためらってしまうのだ。

ただ、最初に替え玉を頼まれたときとは決定的に違うことがある。

「ひとりで会えとは言わないよ。俺が一緒に会ってやる」

あのときと違い、俺が仲介できる。

ふたりきりじゃなければ、会うくらいのことはできるはず。

「最初は相づちからでいい。自分の話したいタイミングで話してくれればいいから」

「だけど……ろくに話さない私が一緒で、まほりん嫌がらない？」

「嫌がらないよ。てかぶっちゃけ、向こうに琴美の性格を伝えたうえで、琴美と仲良くできるならそうしたいって言ってたしな」

「すでに私のことは紹介済みなんだ」

「紹介済みっていうか、なんていうか……」

琴美はオフ会に前向きになっている。まほりんに会えば、その正体が桃井だと気づくことになる。なにも知らずに会うよりは、事前に知らせたほうがいい。

問題はまほりんの正体を知り、チャットすら萎縮《いしゅく》してしまうことだ。お節介《せっかい》を焼いた結果、妹から心の拠《よ》り所を奪うなんて本末転倒《ほんまつてんとう》もいいところだが……これを乗り越えれば、琴美にリアルフレンドができる。

桃井はいい奴だ。会って話しさえすれば、必ず仲良くなれるはず。

「琴美はさ、まほりんがどんな奴でも嫌ったりしないか？」

「しないよ。まほりんは友達なんだから」

即答だった。それだけまほりんを大事に思ってるってことだ。その言葉に嘘偽《うそいつわ》りがないなら、正体を知っても受け入れてくれるはず。

「実を言うと、まほりんって桃井なんだ」

　打ち明けた瞬間、琴美が目を点にした。じわじわと顔に動揺が広がっていく。

「ま、まほりんが……桃井さん？」

「ああ」

「桃井さんって、あの桃井さん!?」

「その桃井さんだ」

　琴美をここまで動揺させる『桃井さん』など、この世にひとりしかいない。

　うろたえていた琴美は、ハッと目を見開いた。

「そ、そっか。だからこないだ桃井さんがうちに来たんだ……」

「そういうこと。しつこいようだが、桃井はマジでいい奴だ。それは俺に言われるまでもなく、琴美が一番理解してるだろ？　チャットで仲良くできたなら、実際に会っても仲良くなれる。琴美が勇気を出しさえすればな」

「で、でも……」

　琴美は自信なさげに瞳を揺らす。

「桃井さんは美人だし、明るいし、友達多いし、英語ぺらぺらだし、運動もできるし、男子にモテモテだし……私みたいな地味根暗女とは住む世界が違いすぎるよ……」

「住む世界が違う？　そんなことないだろ」

「どうして言い切れるの？」

「そりゃお前、住む世界が違うもなにも、夫婦として二年も【Life of Farmer】っていう世界に一緒に住んでただろ。お前らが相性抜群《ばつぐん》なのは二年の歳月が物語ってんじゃねえか」

「私と桃井さんが、相性抜群……」

琴美はうつむきがちに独《ひと》りごちる。

ややあって顔を上げたとき、その瞳には決意の光が宿っていた。

「……私、桃井さんに会ってみる」

「ほんとか！」

「うん。だって、私だってほんとはコラボカフェに行ったり、アニソン歌ったりしたかったし、ウルバトだってしてみたかった。一緒にアニメ見て、感想を語り合ったりしてみたかった」

「ああ。仲良くなったらぜひ楽しんでくれ！」

よかった。琴美が勇気を出してくれて。

じかに会ったら萎縮してしまうかもだが、大きな一歩を踏み出したことに違いはない。

一度の対面で仲良くなれるに越したことはないが、少しでも桃井に対する苦手意識を薄めてくれれば万々歳《ばんばんざい》だ。

「それで……いつ会うの？」

「明日だ」

「明日!?　ず、ずいぶん急だね……」

「まあな。明日は桃井と遊園地に行くことになってんだよ」

桃井は急がなくていいと言ってくれたが、じきに梅雨《つゆ》入り。来週の土日は雨マークがついている。再来週《さらいしゅう》の天気もどうなるかはわからんし、その先には期末試験が待っている。

おまけに最近、日増しに気温が上がっているのだ。明日は晴れ、気温もそんなに高くない。遊園地に行くなら明日がベストだ。

「でもどうして遊園地？　この辺りだとスペシャルランドだよね？　あそこってアニメコラボしてたっけ？」

「アニメコラボの話は聞いてないな」

「じゃあ、純粋に遊園地で遊びたいってこと……？」

「いま子どもっぽいって思ったか？」

「子どもっぽいっていうか……桃井さんのイメージとはかけ離れてるから」

琴美の素朴《そぼく》な意見に、俺はにっと笑う。

「だろ？　桃井はお前が思ってるような奴じゃないんだよ。そりゃ見た目は派手《はで》だが、中身はどこにでもいる普通の女子で、ついでに言うと筋金入りのオタクだ」

多少なりとも桃井のイメージを変えてくれたのか、琴美の顔から不安が少し薄れる。

「それって、私が行っても邪魔にならないの？」

「ならないよ。てか桃井に伝えてるしな。もしかしたら琴美を連れていくかもって。そしたら来るなら歓迎するって言われたよ」

で、どうする？　とたずねると、琴美は鏡越しに俺の目を見て、

「行く」

一大決心したような顔で、うなずいた。

第五幕　妹がネトゲ嫁と遊んだ

翌日の一〇時過ぎ。

恋岸駅《こいぎし》へ向かっていると、俺のとなりを歩きながら琴美《ことみ》が不安げにたずねてきた。

「ほんとに私、変じゃない？」

「変じゃないって言ってるだろ」

「ほんとにほんと？」

「ほんとにほんとだ」

琴美は外見を気にしていた。

髪型はいつもの二つ結び。服装はロングスカート風のズボンにブラウスだ。髪型に関しては気にしてないが、どうしても服装が心配らしい。なぜならオシャレな桃井《ももい》と会うからだ。

「第一、桃井は相手の服装をとやかく言う奴《やつ》じゃねえよ」

いやまあ、俺は言われたけど。私服だとするとクソダサい、みたいなことを。

けどあれはいまになって思うとチンピラにしか見えなかった。そうでなくても桃井は女子にわけがない。

対して超優しい。小動物みたいにびくびくしている琴美に対して『ダサい格好《かっこう》ね』なんて言う
「そもそもその服、似合ってるだろ」

「お母さんが選んでくれたから……」

「さすが母さんだ。……ん？　けどお前、最近一緒に買い物してたっけ？」

「二年前にね。これが私の一張羅《いっちょうら》だよ」

「ずいぶんと前だな……。高校に入って一着も買ってねえの？」

「うん。アニメとマンガとゲームですぐにお金なくなっちゃうから。この服だって、見かねたお母さんが買ってくれたんだよ。たぶん近々また見かねると思う」

「あんまり母さんを心配させんなよな……。そうだ、桃井に頼めよ。あいつなら琴美に似合う服を見繕《みつくろ》ってくれるぞ」

「迷惑に思われないかな……？」

「思われないって。なにせ俺に服を選んでくれたくらいだからな」

服と聞き、琴美はなにやらピンときた様子。

「あー、それって昨日の服？　あれオシャレだったよね」

「だろ？　シャツもズボンも桃井が選んでくれたんだ」

選んでもらった目的は、高瀬《たかせ》が思わず惚《ほ》れてしまうようなイケてる男になることだったが、

気に入ったので普段着にした。昨日も着たので今日はべつの服にしたが、できれば今日もあの格好にしたかった。

　桃井とふたりで服屋に行くのが難しいなら、俺もついていくとしよう。そのついでに夏用の服を見繕ってもらいたい。

「桃井さんってセンスいいね。きっとオシャレなんだろうな……。ズボンで来ちゃったけど、ダサく思われないかな？」

「ズボン＝ダサいって法則はないだろ」

「でもズボンよりスカートのほうが可愛《かわい》くない？」

「可愛く思われたいのか？」

「ううん。とにかく変じゃないって思われたい」

「だったら心配いらないって。変じゃないから」

「ほんとにほんと？」

「ほんとにほんと」

　なんて堂々巡《どうどうめぐ》りしつつも着実に目的地へ近づいていき、道の向こうに恋岸駅が見えてきた。

　スペシャルランド駅は、桃井の最寄《もよ》り駅の金浄《きんじょう》駅とは反対方面だ。合流のため一度恋岸駅で下車してもらうことになっている。ダイヤが乱れてなければ、もう電車を降りた頃だろう。

「……あ」

と、琴美の足取りが急に重くなった。顔が強《こわ》ばってしまっている。

桃井を見つけたのだ。この距離からでもはっきりわかるほど、桃井は存在感があった。

ブロンドヘアは日射しを浴びて煌《きら》めき、オフショルダーのワンピースからは、すらりとした脚《あし》が伸びている。右手にはトートバッグを提《さ》げ、左手でスマホをいじっていた。

「桃井さん、すごくオシャレしてる……」

「そう緊張するなって。ああ見えて中身はガチオタだから。お前の大好きなまほりんだから」

「桃井さんは、まほりん……」

「そうだ。桃井はまほりんだ」

「私の大好きな、まほりん……いつも話してる、私の嫁……」

「……気分はどうだ？」

「さっきよりはマシかも」

「そか。とにかく無理はしなくていいから。自分のタイミングで話しかけてみろ」

そうする、と緊張感たっぷりにうなずく琴美。

ある程度近づいたところで桃井が俺たちに気づき、スマホを肩掛けポーチに仕舞う。

「悪い。待たせたな」

「さっき着いたところよ。こんにちは藤咲《ふじさき》さん」

桃井がにこやかに話しかけると、琴美は「こん……ちゃ、す」とうつむきがちに会釈《えしゃく》する。

いいぞ琴美、言えたじゃねえか。もっと楽しくしゃべれるように、俺が仲を取り持ってやるぜ。

「俺も藤咲だし、下の名前で呼んでみたら？」

「一応『陽斗《はると》くん』と『藤咲さん』で呼び分けてるけど」

「でも俺も藤咲だし。藤咲さんって呼ばれたら、ちょっと反応しちゃうから」

下の名前で呼ばれたら、親密度が上がるはずだ。

「藤咲さんは、下の名前で呼ばれるの嫌じゃない？」

「嫌じゃ……ない、よ」

ぼそぼそ声だ。聞き取れなかったようで、桃井が『これどっち？』と目でたずねてきた。

「嫌じゃないってさ」

「そう。じゃあ琴美さんって呼ぶわね。琴美さんも好きに呼んでくれていいから」

「っす」

会釈する琴美。挨拶《あいさつ》が済んだところで、俺たちは駅内へ。改札を抜けて、賑《にぎ》やかなホームで電車が来るのを待つ。

「……」

ふと見ると、琴美が桃井のトートバッグに視線を落としていた。会話の糸口になりそうだ。

「なにを持ってきたんだ？」

「あとのお楽しみよ」

いま知りたいのだが、そう言われると無理には聞けない。

トートバッグの話題がだめとなると……服の話をしてみるか。駅までの道中ずっと服の話をしていたし、上手《うま》くすれば琴美も会話に参加できる。

「その服、似合ってるな」

「ありがと。お気に入りなの。陽斗くんは、なんだか暑そうな格好ね。もう六月だし、ハーフパンツでもいいんじゃない？」

「ハーフズボンってすね毛が見えるから嫌なんだよ」

「剃《そ》ればいいじゃない」

「剃ったら負けだと思ってる」

「ふふ。誰と勝負してるのよ」

桃井はあきれたように笑う。

穏《おだ》やかなムードだし、いまなら緊張せずに会話に加われるのでは？

「……」

ちらっと見ると、琴美は俺の巨体に隠れたまま、桃井の足もとをじっと見ていた。

そんな下ばっか見るなよな。顔を見るのは緊張するだろうが、せめて胸元くらいには目線を上げようぜ。

服の話に乗れないなら、アニメの話題にしたほうがいいかもしれない。

問題は、琴美がそれでも黙りこんでいた場合だ。俺の知識じゃアニメの話についていけず、桃井に不審《ふしん》がられてしまいかねない。不用意にアニメの話にするのは避けたほうがいいか。それに今日の目的地は遊園地なんだ。遊んでるうちにテンションが上がるはず。気分が盛り上がれば緊張もほぐれるだろう。

そう信じ、俺たちは電車に乗りこんだ。

◆

薄雲がかった空の下、俺たちは遊園地に到着した。フリーパス代込みの入場チケットを購入すると、派手《はで》な装飾が施《ほどこ》された入場ゲートをくぐって園内へ。

日曜だからか園内はかなり賑々《にぎにぎ》しかった。老若男女揃《ろうにゃくなんにょそろ》っているが、特にファミリーが目立ち、ちびっこが元気いっぱいにはしゃぎ声を上げている。

「これがリアルの遊園地なのね……」

桃井は青い瞳《ひとみ》を爛々《らんらん》と輝かせ、園内を見まわしている。ずっと憧《あこが》れていた遊園地、楽しげな雰囲気《ふんいき》にあてられたのか、わくわくしているようだった。

「……」

一方、琴美はおとなしい。電車では桃井のとなりで借りてきた猫状態、下車してからも俺のうしろをついてくるだけ。家族と来たときは年相応にはしゃいでたのに、誰と来るかでこうも違うか。

まあ、そうなるだろうとは思っていたが。

自力で緊張を吹っ飛ばすのが困難なら、アトラクションの力を借りるとするさ。

「さて、なにから乗る？」

「あたしが決めていいの？」

「いいぞ。桃井のリクエストで来たんだから」

「じゃあ全部乗りたい！　……けど、時間だいじょうぶ？」

「問題ないよ。ただ、全部乗るのはいいけど順番は決めないとな」

「そうね。陽斗くんのオススメは？」

「俺の？　そうだな……」

最後にスペシャルランドを訪れたのは四年前、アトラクションはうろ覚え。オススメはなにかと聞かれても、パッとは思いつかない。

ちょっと待ってくれ、と入場ゲートでもらったパンフレットを広げる。

「あたしにも見せて」

と、桃井が身を寄せてきた。肩と肩とが触れる距離、オフショルダーで剝《む》き出しになった肌《はだ》が視界にチラつく。

……桃井の肌、綺麗《きれい》すぎるだろ。おまけにシャンプーだか香水だかわからんが、いい匂《にお》いが漂ってくる。

「……」

桃井の匂いを感知したのか、琴美が『え、同じ人間？』みたいな自信なさげな顔になる。

そんなしょげるなよ。お前だってシャンプーのいい匂いするからさ。もっと自信持とうぜ。

桃井も同じ人間だから萎縮《いしゅく》するなって。

なんて内心エールを送りつつ、桃井にたずねる。

「パンフレット、もらい忘れたのか？」

「ちゃんともらったわ。綺麗な状態で持ち帰りたいの。遊園地に来た記念にね」

言いつつも、パンフレットからは目を逸《そ》らさない。どこにしようかしら……とうきうきした様子で目を走らせ、決めたわ、と顔を上げる。

「まずはジェットコースターにしない？」

「お、いいね」

遊園地と言えば、ジェットコースターは欠かせない。乗れば強制的にテンションが上がり、盛り上がること間違いなしだ。

「琴美さんは、絶叫系って平気なタイプ？」

「う、うん」

「琴美は高いところが好きでさ。ジェットコースターも大好きなんだよ。中一のときなんか、三連続で乗ってたぞ」

「へー、そんなに楽しいんだ。期待しちゃうわ！」

声を弾《はず》ませる桃井とともに、俺たちはジェットコースター乗り場へ向かう。

賑々しい待機列に並び、五分ほどすると俺たちの番がまわってきた。荷物置き場にバッグを預け、係員の指示に従ってコースターへ。シートはふたり乗りなので、誰かひとりがあぶれてしまう。

一緒に乗れば桃井との距離が縮《ちぢ》まりそうだ。

「俺がひとりで乗ろうか？」

「兄妹一緒に乗ったら？」

「はじめてのジェットコースターで横が空席なのは怖いだろ。琴美、桃井と一緒に乗れよ」

「う、ううん。私、ひとりで乗るから……ハルにぃと一緒のほうが、桃井さんも安心……だと思うし」

遠慮しているのか気遣《きづか》っているのかはわからないが、今日一番の長台詞《ながぜりふ》に成長を感じずにはいられない。

できればもっと絡《から》んでほしいが、一緒に行動するだけでも緊張はほぐれていきそうだ。

「気遣ってくれてありがと。少しのあいだだけ、お兄ちゃん借りるね？」

にこやかに礼を告げ、桃井がシートに座る。

「意外と狭いのね」

「俺がデカいだけだ」

桃井ととなりあって座り、共用の安全バーを倒す。身体《からだ》がデカくなったからか、以前よりも圧迫感があるな。

「これ、けっこう窮屈ね」

「ガバガバだとマズいだろ。……痛いのか？」

「これくらいなら我慢《がまん》できるわ。はじめてのジェットコースターだもの。VRと違って大迫力なんでしょうね」

VRか。知ってるぜ。琴美が言ってた。ゴーグルかけてゲームするんだろ？　以前父さんに『これからの時代、一家に一台はVRゴーグルが必要だよ』っておねだりして『目が悪くなりそうだからだめ』って却下されてたっけ。琴美の奴、落ちこんでたなぁ。

「ぶい、あーる……」

うしろから羨《うら》ましそうな声がした。桃井と仲良くなったら遊ばせてもらえよな。

プルルルルル――！　とブザー音が響き、コースターが動きだした。じわじわと恐怖を煽《あお》るように、ゆっくりとレールを昇っていく。

「ふ、ふーん。けっこう高くまで上がるのね」

「……もしかして怖いのか？　タワマンに住んでるのに」

「それとこれとは違うわよ。タワマンは動かないでしょ」

「高さはタワマンのほうが上だろ？」

「三〇階だから高さは上ね」

「三〇階ってすげえな。見晴らしよさそう」

「まあね。打ち上げ花火とか部屋からでも綺麗に見えるのよ。日本に越してきたばかりの頃は感動したわ」

「さすがに見飽きた？」

「毎年見てるとね。友達と一緒に見る花火は好きよ」

「それって高瀬たち？」

「そうよ。家に招待したんじゃなく、お祭り会場でだけどね」

桃井は隠れオタクだ。家に来られるとオタクグッズを見られてしまうため、不用意に友達を招くことはできないのだろう。

その点、琴美はオタクだ。仲良くなった暁《あかつき》には、ぜひとも家に招いてやってほしい。琴美もまだ「ぶい、あーる……」って羨ましがってることだしな。

「やっぱり花火は現地で見るに限るわ。あのお腹《なか》に響く振動も癖《くせ》になるし、夜空にパッと花が咲いた瞬間の会場の一体感は、部屋からじゃ味わえないもの」

「花火と同じでジェットコースターの迫力もＶＲじゃ味わえないからな。舌《した》を噛《か》まないように気をつけてろ」

「そうするわ」

俺と話しているうちに恐怖心が薄れたのか、桃井は明るい顔で前を見る。

そして、いよいよコースターはてっぺんに差しかかり――急降下！

「きゃああああああああああああああああああ！」

コースターは急上昇と急下降を繰り返しながら右に左に激しくカーブ。あっという間に旅を終えてゴールする。

「エキサイティングね……。想像以上だわ。あたし、振り落とされるかと……」

すぐに感想が飛び出すのは、ジェットコースターを楽しめた証拠である。ちゃんとうしろに琴美がいるのを確かめつつ、手荷物を回収して乗り場をあとにする。

「あーもう、せっかくセットしたのにぐちゃぐちゃ……」

桃井はスマホのインカメで確認しつつ、ぼさぼさになったブロンドヘアを整える。その姿を横目に、次なる目的地を探すべくパンフレットを広げていると、桃井がほほ笑みかけてきた。

「さっきはありがとね」

「なにが？」

「あたしを安心させるために、ずっと話しかけてくれたんでしょ？」

「……そういうことは気づいたとしても言うなよ」

「なに？　照《て》れてるの？」

いたずらっぽい目で顔を覗《のぞ》きこまれ、ますます照れくさくなってしまう。妹の前で茶化すんじゃない。恥《は》ずかしいだろ。

「べつに。てか次どこ行くか決めようぜ」

そうね、と俺のパンフレットを覗きこむ桃井。

その一方、琴美は桃井の足もとに着目していた。どことなく羨望《せんぼう》の眼差《まなざ》しに見える。桃井のすらりと伸びる脚を羨ましがってるのかね。

「決めた。お化け屋敷がいいわ」

「お化け屋敷か……マジで怖いからやめといたほうがいいぞ」

「あら、怖いの？」

「俺は演出知ってるからまだいいけど、はじめてのときはトラウマになるかと思ったぞ」

「あたしは平気よ。VRでホラゲー体験済みだし。すぐにやめちゃったけどね」

「桃井も怖いの苦手なんじゃねえか」

「まあ、得意とは言えないわね」

「なのになんでホラゲー買うんだよ」

「VRゴーグルとセットだったの。興味本位でプレイしたのを後悔したわ。今度ゴーグルごと貸してあげよっか？」

「――っ！」

声にならない歓喜《かんき》の声が聞こえてきた。うしろを見ると、琴美がこくこくうなずいている。

借りたゲームは俺もプレイしないといけないので遠慮願いたいところだが……。

「ありがと。借りるよ」

「なら今度貸すわ。でも先に世界樹の姫巫女《ひめみこ》をクリアすること。感想語り合いたいんだから」

「了解。でさ、話をまとめると、桃井もお化け屋敷が苦手ってことになるんだが」

「ホラゲーに比べたらマシよ。それに三人だから怖くないわ。……琴美さんは、お化け屋敷が苦手だったりする？」

「だいじょうぶ」

琴美はちょっぴりご機嫌そうに言う。憧れのVRゲームを借りることになり、テンションが上がったらしい。それに事実、琴美はホラー系が得意だしな。

「よかった。じゃあ行きましょ」

三人でお化け屋敷へ向かう。

ややあって見えてきたのは、トンネルを模《も》したデカい建物。出入り口には、血と錆《さび》に塗《まみ》れた車が止まっている。ベルトコンベアで屋内を一周する、その名も『心霊スポットツアー』だ。

「へ、へえ、思ってたのと違うわね」

「やめとく?」

「ここまで来て引き下がれないわ」

俺たちは係員の指示に従ってワゴン車に乗りこむ。定員は三名だ。車内は前列に三人乗れるよう改装され、荷物の散らかった後部座席にはアクリル防護板が取りつけられている。

俺が運転席、琴美が助手席、その真ん中に桃井が座り、ベルトコンベアが動きだす。

トンネルを模した屋内は薄闇《うすやみ》に支配され、見通しは最悪だ。

「ず、ずいぶん暗いわね。ライトつけてよ」

「無理。壊れてるから」

「そ、そう。まあいいわ。なにが出てこようと、どうせ車内には入れないんだから」

「ドアロックしてないぞ」

「カギかけてよ!」

「無理だって。壊れてるから」

「だったら明るい音楽で気分を——」

ばんっ! と血まみれの女が運転席の窓を叩《たた》いてきた。

「いやああああああああああああああああああああああああ!」

「ちょっ、うるさ——」

「出して出してスピード出して逃げて早く逃げて!」

「ゆ、揺さぶるな揺さぶるな！」

ばんっ！　ばんっ！

「やだもう！　あたしこれやだよ！」

桃井が怖がっている間にドアを叩いていた女が消えた。無意識だろうか、桃井は俺の手首を強く摑《つか》んだまま、がたがたと身体を震わせる。

「あ、あとどれくらいで着くの？」

「五分くらいじゃね？」

「人生で一番長い五分になりそうだわ……」

泣きそうな声でそう言うと、桃井は荒ぶる心臓をなだめるように深呼吸する。

そのとき、またいきなり目の前に血まみれの女が出現した。

女がボンネットに乗り、フロントガラスをバンバン叩く。

「いやあああああああああああああああああああああああ！」

「やだ！　やだ！　やだやだやだやだあああああああああああああああ！」

桃井が首に抱きついてきた。ぐにぐにと柔らかい物体が肩に押しつけられる。恋人ごっこのバックハグでも軽く触れたが、ここまで直接的な接触ははじめてだ。胸の感触マジやばい。

「お、おい、くっつきすぎ……」

「嫌嫌嫌！　離れたくない！　怖い！　怖すぎ！」

「苦しいんだが……」

「い、いじわる言わないで！　我慢して！」

「琴美からもなにか言ってやってくれ」

「え、えっと……女のひと、たぶん新人だよ。顔に照れが見えるから」

「お、ほんとだ。よく見ろ桃井、あのひと照れてるぞ！」

「やだやだやだ！　顔怖い見たくない夢に出ちゃう！」

俺たちの指摘《してき》に気まずくなったのか、役目を果たしたのか、女のひとが立ち去った。

「ね、ねえ、何分経《た》った？」

「四分くらいじゃね？」

気づけば折り返しを過ぎ、来た道を引き返しているところだった。いよいよ出入り口の光が見え、桃井は安心したように息を吐き――

ばんっ！　アクリル防護板が叩かれ、バックミラーに血まみれ女が映りこむ。実は最初から後部座席に隠れていたのだ。

「いやあああああああああ！　入ってきてる！　入ってきてる！」

俺は演出を知っていたので耐えられたけど、桃井は心底《しんそこ》びびっている。

さっきよりも強い力で抱きつかれ、マジで窒息《ちっそく》しちゃいそう。なんとか無事にゴールでき、係員がドアを開けると桃井がぐいぐい押してきた。

太陽の下に出ると、桃井がその場にしゃがみこむ。……すぐに目を逸らしたが、一瞬下着が見えちまった。胸の感触といい、下着といい、ホラー以外でドキドキさせられっぱなしだ。

「ぜったい夢に見ちゃう……」

「まあ、なんだ。楽しい思い出で上書きしてやろうぜ」

「うん……楽しいことしたい」

力なくそう言って、桃井は立ち上がった。

怖がるだろうとは思っていたが、まさかここまでびびるとはな。あの取り乱しっぷりを目にした以上、琴美も桃井への印象を変えたはず。

「……」

琴美はまた下を向いていた。

そろそろ慣れてきそうなものだが、まだ顔を見ることができないほど緊張してるのか……。

だったら、桃井も怖がってるし、一度リラックスさせるとするか。

もうじき一二時。店が混《こ》む前に昼食にしよう。美味《おい》しいものを食べれば心が安らぐはずだ。

「そろそろ昼食にしないか？」

「そうね。それがいいわ。ここって広場とかある？」

「ピクニック広場ならあるが……レストランに行かないのか？」

俺の疑問に、桃井は得意げな顔でトートバッグを掲《かか》げた。

「お弁当を作ってきたの！」

あとのお楽しみって弁当かよ！

「わ、わざわざ作ってきてくれたのか？　気を遣わなくていいのに……」

「遊園地についてきてくれたから、お礼をしなくちゃと思ってね」

「そ、そか。サンキュな」

いや、本当に気持ちは嬉《うれ》しいんだ。食費が浮くし、外で食べるの気持ちいいしな。

ただ、味が……。

「ちなみになに作ってくれたんだ？」

「チャーハンよ。大好物でしょ？」

「あ、ああ。桃井のチャーハン、マジで好きだよ俺」

「そう言ってもらえると作ったかいがあるわ。いっぱい作ったから琴美さんも食べてね」

「う、うん。ありがとう桃井さん」

なにも知らない琴美は素直に感謝しているが、こいつに食べさせるわけにはいかない。俺と琴美は味覚がそっくりなので、食べたらびっくりさせてしまう。

琴美の性格的に好意を無下《むげ》にはできず、残さず食べるはめになるだろうし……俺が一肌《ひとはだ》脱がないと。

「悪いけど、チャーハンは全部俺にくれないか？」

「え、ハルにぃひとりで食べるの？」

「欲張らなくても、ちゃんとふたり分作ってきたわよ」

「桃井の手料理はあるだけ食べたいんだよ。てか、なんでふたり分？」

俺たち三人だろ。

「ほら、あたしって料理下手だから。味見して、こりゃないわって思ったの。でも陽斗くんは気に入ってくれたじゃない？　兄妹ってことは味覚も似てるでしょうから、きっと琴美さんも気に入ると思ったのよ」

「気に入るだろうけどチャーハンは俺が全部食うから。ふたりは園内の料理を楽しんでくれ」

「ほんと陽斗くんってあたしの料理が好きなのねっ」

桃井は上機嫌そうだ。悲しませないためにも、美味《うま》そうに食べないとな。

さておき、弁当をレストランに持ちこめば迷惑になってしまう。ふたりの昼食は売店で買うことに決め、パンフレットで場所を確かめてからそちらへ向かう。

昼食時ということもあり、売店前はかなり賑わっていた。

「けっこう多いわね」

桃井は声を弾ませる。ひとの多さではなく、メニューの豊富さについての感想だろう。

ソフトクリームにジュースにクレープにかき氷にホットドッグにサンドイッチに種類豊富な弁当など、品揃《しなぞろ》えは抜群《ばつぐん》だ。ちびっこたちはショーケースに顔を近づけ、大人たちは遠巻きに料理のポスターを眺《なが》め、なにを買おうかと盛り上がっているようだった。

「陽斗くんはなにか買うの？」

「オレンジジュースを買おうかと」

「あら、もう決めてるのね。ちょっと待たせちゃうけど、いい？」

「気にしなくていいから、悔《く》いのないようにじっくり選んでくれ」

そうさせてもらうわね、と桃井は真剣な顔で料理のポスターを眺める。

「うーん。お弁当だけでも一二種類あるのね」

「ホットドッグもソーセージがパリッとしてて美味いぞ」

「もうっ、やっとお弁当に絞《しぼ》りこんだのに、これ以上迷わせないでよね。……ちなみにソフトクリームはどう？　美味しい？」

「バニラが濃厚でめちゃ美味だが、ソフトクリームはまたあとで食べに来ようぜ」

「そうね。いまはご飯よご飯！」

甘い香りがするからだろう。桃井は誘惑を払うように頭《かぶり》を振り、弁当のポスターを眺める。

そして一〇分が過ぎた。

「……そろそろ決めた？」

「あとちょっと待って。ふたつまで絞りこんだから」

「いっそ両方買えば？」

「ふたつも食べたら太っちゃうじゃない」

「瘦《や》せてるのに太る心配とかいらないだろ」

「痩せてるのは努力の結果よ。ちゃんと運動してるんだから」

「ジムにでも通ってるのか？」

「ううん。フィットネスゲームでボクササイズをね」

「へえ、面白《おもしろ》そうだな」

「最初は面倒《めんどう》かもって思ってたけど、意外とストーリー性もあって楽しめてるわ。……うん、決めた。ハンバーグ弁当にしよーっと」

「琴美は決めた？」

「のり弁にする」

注文が決まったところで列に向かうと、すぐにおじさんがうしろに並ぶ。ひとりで遊園地を楽しむ歳《とし》には見えないし、子どもがアトラクションで遊んでいる隙《すき》に買いに来たのかね。

「そうそう。ボクササイズゲームってトレーナーを選べるんだけどね、ミオミオちゃんの声優さんもいるのよ」

急にアニメの話を振られてびくっとしたが、ドリステなら対処できるぜ！

「マジか！　谷口《たにぐち》さんも担当してんのか！」

「そうなのよ。でねっ、トレーナーさんはミオミオちゃんとまったく同じ演技なの！　つまりミオミオちゃんが応援してくれてるようなものなのよ！」

「そりゃやる気出そうだな！」

「でしょっ！　しかも誕生日にはバースデーソングを歌ってくれるの！」

「毎日誕生日にしたいくらいだな！」

でさ、琴美はなにしてんの？　大好きなドリステの話をしてるんだから乗ってこいよ。

もしかしてまた桃井の足でも見ているのかと思いきや、琴美は顔を上げており――


「あ、あのっ！　そ、それ、やめてください……」


今日一の大声を出した。独《ひと》り言ではなく、うしろに並ぶおじさんに向けての発言だ。琴美は相手を威圧《いあつ》するタイプじゃないのに、おじさんはなぜかおどおどしている。

「な、なんのことだね？」

「さ、さっきから、盗撮してますよね？」

え、盗撮？

近くにいたひとたちに視線を向けられ、おじさんが一層顔を強ばらせる。

「な、なにを言うんだ急に！　名誉毀損《きそん》で訴えてやるぞ！」

おじさんに怒鳴られ、琴美がびくっと身を怯《ひる》ませる。それでも発言を撤回せず、震える指で足もとを指す。

「で、でも、それ……」

琴美が指さしたのは、おじさんのクツだった。太陽光を浴び、つま先の小さな穴がきらっと光る。まさか――

「隠しカメラか⁉」

小型カメラと思《おぼ》しきものを見つけた次の瞬間、おじさんが逃げだした。

「あっ、待て！」

全力で追いかける。こちとら運動神経には自信があるんだ。小太りの中年に負けるかよ！

すぐに追いつき、汗《あせ》でぬるっとした腕をがっしり摑むと睨《にら》まれた。

「な、なにをする！」

「なにをするはこっちの台詞だ！」

躊躇《ちゅうちょ》なく怒鳴り返されたのが想定外だったのか、いまさら俺の体格と顔つきに気づいたのか、おじさんが怯《おび》えるような表情を見せた。

「た、頼む。見逃してくれ！」

「友達を盗撮されて見逃すわけないだろ！」

「あ、あとで消すから！　自首もするから！」

「そんな話信じるか！」

「放せ！　放してくれ！」

「抵抗やめろって！」

説得できないとわかるやいなや必死に逃げようとするが、力は俺が勝っている。中学時代の筋トレが、こんな形で役に立つとは。人生なにが起こるかわかんねえな。

しばらく揉《も》めていると、逃げられないと悟ったのか、はたまた体力が尽きてしまったのか、おじさんがおとなしくなってきた。間もなくすると誰かが呼んでくれたようで、警備員が駆けつけてくる。

「このひと、クツのカメラで盗撮してました」

おじさんを突き出すと、警備員が険しい顔で、

「本当かね？」

「……事実です」

警備員は念のためクツを確かめ、カメラを発見したのかあきれたようにため息を吐いた。

「あんた、見たところ五〇過ぎてるだろう？　いい歳してなにやってるんだ」

「も、申し訳ありませんでした……」

「まったく。とにかく警備員室まで来なさい」

おじさんは野次馬《やじうま》から顔を隠すようにうつむき、おとなしく連行される。

「陽斗くん、だいじょうぶだった？」

「叩かれなかった……？」

桃井と琴美がこちらへ駆け寄り、心配そうに声をかけてきた。

「俺なら平気だ」

「そう、よかった……。それにしても陽斗くん、すごい勇敢《ゆうかん》ね。なにされるかわからないのに盗撮犯を追いかけるなんて」

「ハルにぃ、警察官みたいでかっこよかった」

ふたりから同時に褒《ほ》められるとさすがに照れるな。

けど、手柄《てがら》を独り占めするわけにはいかない。

「すごいのは琴美だ。よく盗撮に気づけたな。あんな小さいカメラ、普通わからんぞ」

街中《まちなか》でうしろに立たれたら怪《あや》しむが、遊園地では列に並ぶのが当たり前だ。おまけに桃井としゃべっていて、スカートの下に足が来ていることには気づけなかった。

「た、たまたまだよ。たまたま下見てて、そしたらあのひとの足がスカートの下に入って……桃井さんが動いたら光が差して、きらっと光ったから……で、でも、違ったらどうしようって思って、なかなか言えなくて……」

「なのに勇気を出して指摘してくれたのね」

「怖くなかったか？　俺に耳打ちしてくれれば代わりに言ってやったのに」

「怖かったけど、ふたりのおしゃべりを邪魔しちゃいけないと思って……」

「遠慮とかしなくていいのよ？」

「でも桃井さん、楽しそうだったから……」

自信なさげにうつむく琴美に、桃井が優しくほほ笑みかける。

「そりゃ陽斗くんと話すのは楽しいけど、琴美さんとも楽しくおしゃべりしたいわ。だって、友達じゃない」

えっ、と琴美が弾《はじ》かれたように顔を上げた。

「友達……？」

「一緒に遊園地で遊んでるんだもの。友達に決まってるわ」

「私と桃井さんが、友達……」

嚙みしめるように口のなかで反芻《はんすう》し、じわじわと顔に喜びを広げていく。

俺の妹にはじめてリアルフレンドができた瞬間だ。記念に写真を撮りたいが……邪魔しちゃ悪いし、目に焼きつけるだけにしよう。ほんと、よかったな琴美！

「これからは遠慮せずに話しかけてね？」

「う、うん。そうする。そうしたい」

嬉しそうにこくこくうなずき、琴美が桃井の足をチラチラ見る。友達になったとはいえ目を見て話すのは緊張するのだろうかと思っていると――

「そのクツって、熱血戦姫《せんき》のコラボシューズ……だよね？」

意を決したようにたずねた瞬間、桃井の顔がぱあっと華《はな》やいだ。

「そう！　そうなの！　熱血戦姫の微熱ちゃんモデルなの！」

「やっぱり！　ずっとそうなのかな、そうなのかなって思ってた！　すごっ。コラボシューズ手に入れてたんだ！　しかも一番人気の微熱ちゃんモデル……！」

テンションを上げる琴美に、桃井が期待するような眼差しを向ける。

「もうひとつコラボグッズがあるんだけど……わかる？」

「わかるよ！　トートバッグ！　知恵熱ちゃんモデルだよねっ？」

「そうなのっ！　知恵熱ちゃんが作中で使ってたのと同じトートバッグなの！」

ちなみに額《ひたい》に冷却シートを貼《は》った猫のイラストが描かれている。俺の目には可愛いバッグにしか見えないが、わかる奴にはコラボグッズだとわかるらしい。

なるほどね。それでたびたび足もとを見てたのか。目を合わせるのが恥ずかしかったんじゃなく、本当は話しかけたくてうずうずしてたってわけだ。

「琴美さんに気づいてもらえてよかったわ。陽斗くんってば全然指摘してくれないんだから」

「わ、悪かったな。気づけなくて。俺は服に注目してたんだよ」

「これコラボグッズじゃないわよ？」

「知ってるよ。ただマジでいい服だなと思ってさ。なあ琴美？」

「うん。すごい可愛い」

「ありがと。琴美さんの服も可愛いわよ。いいセンスしてるわね」

「これ、お母さんが選んでくれて……」

素直に受け入れればいいのに母さんの手柄を横取りしたくないのか、琴美は恥ずかしそうに打ち明ける。

「そうなんだ。自分じゃ服買わないの？」

「滅多《めった》に。私、服のことわからないから……」

「じゃ、選んであげよっか？」

「い、いいの？」

「ええ。近くにモールがあるから、寄り道して帰りましょ」

「う、うん。買い物したい。あと本屋にも寄りたいかも。サイキックイングリッシュの新刊、今日発売だから」

「そうだったわね！　あたしも買わないと！　単行本派だからネタバレ食らわないように気をつけてたのよ」

「私も！　サバイバル編、誰が合格するか楽しみだね！」

ついさっきまで萎縮していたとは思えないほど、琴美は生き生きとした語り口調だ。対する桃井も、心から楽しそうにオタクトークを繰り広げている。

この様子なら、すぐにリアルでもネトゲと同じくらい仲良くなれそうだな。

「ねえ、連絡先交換しない？」

「したいしたい！」

「あとさ、今度熱血戦姫の原画展に行かない？」

「行く行く！」

さっそく遊びに出かけることが決まる。俺とのオフ会も気に入ってくれていたが、女同士で連《つる》んだほうが楽しめるはず。

これからはふたりでアニメショップに出かけたり、コラボカフェでお茶したり、カラオケでアニソン大会を開催したりするのだろう。

桃井とのオフ会は、楽しくなかったと言えば嘘《うそ》になる。

もう一緒に遊ぶことはないんだと思うと多少なりとも寂《さび》しくなるが……徹夜でアニメ知識を蓄《たくわ》えるのってマジでキツいしな。ここは素直に解放感を味わっとくか。

「ありがとハルにぃ！　私の背中を押してくれて！」

「あたしからもお礼を言うわ。おかげでオタク友達ができたもの！」

ふたりから満面の笑みで感謝され、自然と頬《ほお》が緩《ゆる》んでしまう。

「どういたしまして」

「お礼にまた今度チャーハン作ってあげるわねっ」

頬を引きつらせなかった自分を褒めてやりたいぜ。

終幕　ネトゲ夫婦のチャットログ

【漆黒夜叉】というわけでオレ的に来期期待のアニメ一位は半裸《はんら》の帰還兵《きかんへい》かなー
【まほりん】やっぱり！　ＰＶ見て漆黒《しっこく》くんが好きそうなアニメだなーって思ってた！　漆黒くん、異世界転生系が大好きだもんね！
【漆黒夜叉】そうなんだよ！　しかも竹岡《たけおか》監督だろ？　これもう神アニメ確定だって！
【まほりん】竹岡監督っていつも話を二転三転させるもんね。起承転転転転転結みたいな
【漆黒夜叉】竹岡ジェットコースターな！　竹岡作品だと俺ミーツ俺とかもストーリーの振れ幅がすごかったよな！
【まほりん】ね！　ラスト二話の怒濤《どとう》の展開とか特にすごすぎた！　前半見てたときはまさかあんな結末になるとは思わなかったよ！
【漆黒夜叉】お互いいろいろ考察したなー
【まほりん】そしてお互いに大ハズレｗ
【漆黒夜叉】あの結末を当てるのは無理ｗ

【まほりん】半裸の帰還兵、要チェックね！

【漆黒夜叉】まほりんの来期一位は？

【まほりん】平安《へいあん》時代は二度目です、ね！

【漆黒夜叉】あー、前にまほりんが言ってたやつか
【まほりん】うん！　アニメ化発表から一年以上音沙汰《おとさた》無しだったから企画《きかく》流れたのかもって心配しちゃった
【漆黒夜叉】原作二六巻くらい出てたよな？

【まほりん】来月二七巻が発売される！　すっごい面白《おもしろ》いからオススメだよ！

【漆黒夜叉】とりあえず三巻まで買ってみる！

【まほりん】区切り悪いから四巻までにしたほうがいいよ！

【漆黒夜叉】そうする！　じゃー今日はそろそろ寝ようかな
【まほりん】あ、ちょっと待って
【漆黒夜叉】どうした？　まだ語り足りない感じ？

【まほりん】ちょっとね。漆黒くん、熱血戦姫《せんき》の原画展の話覚えてる？

【漆黒夜叉】もちろん！　いよいよ明後日《あさって》開幕だな！　琴美《ことみ》がマジわくわくしてた！　初日に行くって言ってた！

【まほりん】しかもオープン直後にね！

【漆黒夜叉】気合い入りすぎｗ
【まほりん】急がないと入場特典なくなっちゃうからｗ
【漆黒夜叉】グッズもなｗ　あれマジで全種神だよな！
【まほりん】全員集合タペストリーとか漆黒くん超欲しそうｗ
【漆黒夜叉】当たり前すぎるｗ
【まほりん】てことは漆黒くんも来るってことでいいよね？
【まほりん】おーい？
【まほりん】漆黒くーん？
【漆黒夜叉】悪い待たせた。その原画展ってオレも行く感じなの？
【まほりん】そりゃね。逆になんで行かない感じだと思ったの？
【漆黒夜叉】てっきり琴美とふたりで行くのかなって
【まほりん】なんでそうなるの？
【漆黒夜叉】女だけのほうが楽しめるかなって。てか全然オレに気を遣《つか》わなくていいからな？
もちろん気を遣ってもらえるのはすごい嬉《うれ》しいけどそのためにまほりんから楽しみを奪うわけにはいかないっていうかさ、そりゃ原画展には興味ありまくりだけどオレ的にはまほりんさえ楽しんでくれればそれが一番理想なんだよなー
【まほりん】心配しないで！　漆黒くんを仲間外れにはしないから！

【漆黒夜叉】え、マジ？　オレ仲間外れにされない感じ？　今後はまほりんと琴美のふたりでオタ活を楽しむんだと思ってたからそうだとするとマジびっくりなんだけど！

【まほりん】これからも三人でオタ活を楽しみましょうね！

【漆黒夜叉】だな！

【まほりん】明後日の原画展ほんと楽しみ！　八時に恋岸《こいぎし》駅集合だから遅刻しないようにね！

【漆黒夜叉】頑張る！

あとがき

はじめまして、猫又《ねこまた》ぬこです。

この度は『オタク知識ゼロの俺が、なぜか男嫌いなギャルとオタ活を楽しむことになったんだが』を手に取っていただき、まことにありがとうございます。

本作はアニメやマンガやゲームに触れてこなかった男子高生とガチオタのギャルがオタ活を楽しみながら親睦《しんぼく》を深めていく物語です。

元々明るい話が好きなのですが、最近はますます心が明るさを求めるようになりましたので、本作はシリアス展開がゼロになるように心がけて書きました。

このお話を読んでくださった読者の皆様に少しでも明るく楽しい気持ちになっていただけたなら幸いです。


それでは謝辞《しゃじ》を。

本作の出版にあたっては、多くの方々に力を貸していただきました。

担当様をはじめとするダッシュエックス文庫編集部の皆様。

お忙しいなか素敵《すてき》なイラストを手がけてくださった千種《ちぐさ》みのり先生。

校正様にデザイナー様、本作に関《かか》わったすべての関係者の方々。

そしてなにより本作を手に取ってくださった読者の皆様に最上級の感謝を。皆様に少しでもお楽しみいただけたなら、これ以上の幸せはありません。


それでは、またどこかでお会いできることを祈りつつ。

二〇二三年そこそこ暑い日　猫又ぬこ

この作品の感想をお寄せください。

あて先　〒101-8050　東京都千代田区一ツ橋2-5-10
集英社　ダッシュエックス文庫編集部　気付
猫又ぬこ先生　千種みのり先生

ダッシュエックス文庫

オタク知識ゼロの俺が、なぜか男嫌いなギャルとオタ活を楽しむことになったんだが

猫又ぬこ

2023年5月30日　第1刷発行

★定価はカバーに表示してあります

発行者　瓶子吉久
発行所　株式会社　集英社
〒101−8050　東京都千代田区一ツ橋2−5−10
03(3230)6229(編集)
03(3230)6393(販売／書店専用)　03(3230)6080(読者係)
印刷所　大日本印刷株式会社
編集協力　法貴仁敬(RCE)

ISBN978-4-08-631509-8 C0193